Opal
オパール文庫

調教系男子　LESSON2
オオカミ様と子猫ちゃん

槇原まき

プランタン出版

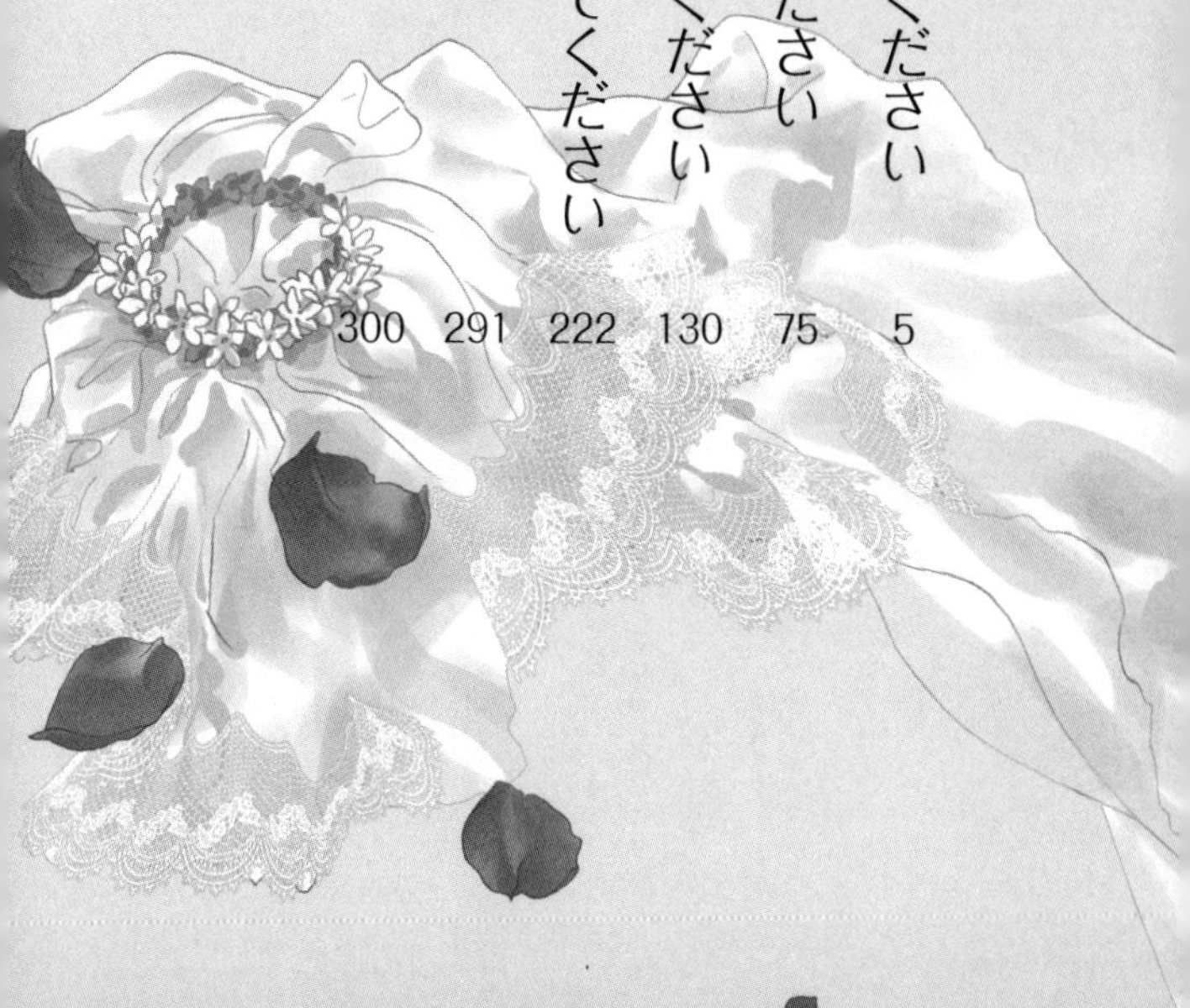

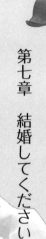

※本作品の内容はすべてフィクションです。

第七章　結婚してください

　この世で一番愛おしい彼の指先が、自分の肌に触れる。

　高田深雪《たかだみゆき》にとってその時間は、自分の存在に意味を見出す時間だ。彼の指先が頬から首筋を通って鎖骨を触り、深雪の乳房の上下にかかる紅《あか》い麻縄に、触れるか触れないかの距離で滑る。肌に食い込むこの麻縄は、愛する彼の指先の延長だ。

　麻縄で後ろ手に縛られて自由に動けないが、それは彼に抱きしめられているのと同じこと。強く求められている気がする。この縄は彼と深雪を繋《つな》ぐ絆《きずな》。

　彼——鞍馬誠司《くらませいじ》は、麻縄によって強調された深雪の乳房を揉みしだきながら、優しい声で囁いた。

「深雪、脚を開きなさい。深雪のあそこがどうなっているのか、俺に見えるようにしっかりね。深雪はいい子だからできるだろう?」

「はい……誠司さん……」

秘《ひ》め処《どころ》を自分からあらわにするなんて恥ずかしい。でも、それが誠司の命令なのだ。

ベッドに仰向けになった深雪は、鼓動を速めながら膝を立てて左右に開いた。

びしょびしょに濡れた蜜口《みつくち》がぱっくりと割れて、今しがた彼に中に注いでもらったばかりの射液が、とろりと垂れてくる。

縛られたまま従順にM字に開脚した深雪を眺めながら、誠司は垂れてきた射液を指ですくって、蕾になすりつけてきた。その甘美な刺激は深雪に甘い声を上げさせる。

「んっ」

誠司は蜜口に指を一本挿《い》れると、奥からぐっと広げて、自分の放ったものが深雪をちゃんと満たしているかを確かめるように中を覗き見てきた。

「ああ……深雪の中、俺のでいっぱいだね」

身体の中を覗かれて恥ずかしい。誠司の視線を浴びて、蜜口や媚肉《びにく》がヒクヒクと蠢《うごめ》いてしまう。彼は深雪の中を浅く掻き回して、自分の指を蜜口にしゃぶらせた。

「深雪、さっきのおねだり、すごく可愛かったよ。もう一度聞きたいんだけど……言ってくれる？」

誠司の仄暗《ほのぐら》い瞳が、恥ずかしい格好をしている深雪を見下ろす。

彼の視線は深雪の表情だけでなく、剝《む》き出しの乳房や、指で掻きまぜられている蜜口、そして身体の中までも舐めるように見つめてくるのだ。最愛の人に視姦《しかん》されながら命令されているのだと思うと、深雪の被虐心《ひぎゃくしん》はゾクゾクして静かに興奮した。

彼は自分の前で、保身やお綺麗な外面で取り繕《つくろ》う女など求めていない。彼好みの女は、素直に自分の想いを口に出す女だ。それがどんなに恥ずかしく淫《みだ》らなことでも——

深雪は誠司の視姦に震えつつも懇願《こんがん》した。

「……わたしを……誠司さんでいっぱいにしてください……」

さっきも抱いてもらったのに、また求めてしまう。でもこれが、深雪の本心だ。

誠司に抱かれたい。誠司にならなにをされても構わない。縛られたまま、めちゃくちゃに犯《おか》されたい。彼の欲望と、ままならない愛のすべてを、この身体に注いでほしいのだ。

それもこれも全部、この人が好きだから。

「……お願いします……誠司さん——わ、わたしの中……全部……誠司さんでいっぱいにしてください……」

深雪の懇願に誠司は黙って笑みを深くする。そして蜜口に挿れた指を引き抜いて、代わりに逞《たくま》しい漲《みなぎ》りをそこに充《あ》てがってきた。

待ちきれずに新たな愛液を滴らせていた蜜口に、鈴口をぬるんぬるんと滑らせ、蕾まで刺激される。深雪は思わず声を漏らした。

「ああ……」

「俺に抱かれたい?」

「はい、んっ……誠司さんの思うままに……あっ! う……抱いてください……んっ……」

誠司は鈴口で蕾を左右に嬲《なぶ》りながら、蠱惑的《こわくてき》な笑みを見せるのだ。

「そんなことを許したら、俺はまた深雪の中に出すよ? いいの? 二度も中に出されて」

誠司の漲りが、中に入りそうで入らない絶妙な距離で蜜口を撫で回す。

彼のくれる愛虐《あいぎゃく》の中には、快感以上の繋がりがあることを深雪はもう知っている。

縛った女を思いのままに抱いて支配し、想いの塊を強制的に注ぐ——これが彼の愛虐の極致なのだ。自分だけがそれをしてもらえる。想像しただけでもまた濡れてきた。さっきもしてもらったのに、また中に出されたい。繋がりたいのだ。最愛のこの人と——

深雪は蜜口をヒクヒクさせながら、恍惚《こうこつ》の表情《かお》を浮かべた。

「いいの……大好きだから……」

「深雪、そんなに俺が好きなの? 俺は、こんな酷《ひど》い愛し方しかできないよ?」

深雪を見つめる瞳が、更なる答えを待っている。

『俺は自分が嫌いだから深雪と一緒にいたくない。深雪を苦しめたくない。大切なんだ、君が。本当に好きなんだよ……。大切な君を俺自身がめちゃくちゃにしてしまう前に俺から離れて』

複雑な心情からくる自己嫌悪の吐露《とろ》は、かえって深雪に彼への愛おしさを植えつけた。

上司としても、男の人としても理想的で、完璧で、憧れていたこの人が、自分にだけに見せてくれた特別な弱さ。

彼は自身の父親を知らないと言った。母親も、彼が高校生のときに別の家庭を築くことを選んだらしい。もしかすると彼はそのときに、〝捨てられた〟と思ったのかもしれない。自分は愛されていないのだと……。

母親に捨てられ、過去に愛した女性たちからも背を向けられて、愛を信じられなくなるまで傷付いてきた人。全部を自分のせいにして、自分がおかしいから愛してもらえないのだと苦しむ優しい人。

自分を嫌って、自分を作って、愛を求めて藻掻《もが》く――

深雪には、そんな誠司の心の傷の深さや、抱えたものの重さなど到底理解しきれるものではないかもしれない。「愛してる」の言葉一つで癒《い》やされるような、そんな生易《なまやさ》しいものではないかもしれない。でも、だからこそ、この複雑で繊細《せんさい》で弱いこの人の側にいたいと思ったのだ。

側にいて、愛されることが怖いこの人を護《まも》ってあげたい。心からの愛で包《つつ》んで満たしてあげたい。あなただけに向けられる無償《むしょう》の愛がここにあるのだと教えてあげたい。一生かかってもいい。

そして、愛虐でしか想いを伝えられない彼の不器用な愛し方を、心と身体で全部受け入れて、自分だけはあなたを裏切ったり拒絶したりしないと教えてあげたい。彼の望むことはなんでもしてあげたい。

この人に尽くすことが自分の幸せ……

そこに思い至ったとき、深雪は縛られたままの身体の中に、誠司の射液を注がれることを望んでいた。彼の愛虐は自分だけに行われるもの……。心も身体も縛って、愛の名の下に支配される。いや、支配してもらう。

誠司の愛虐的支配を受けられることは、彼に選ばれた証《あかし》なのだ。普段は大人で紳士的な誠司が、この身体を抱くとき——彼はサディスティックな男になる。

目隠しをされたことも、手錠で繋がれたことも、淫具《いんぐ》で責め立てられたこともある。彼は深雪の身体を言葉と快感で支配するが、痛みは決して与えない。深雪が悲しむようなことも絶対にしない。彼は優しいサディストだ。

高慢な愛虐者で深雪の支配者でありながら、同時に誰よりも深雪を大切にして愛してくれる恋人。

彼の愛虐の対象となれること、彼の性愛の対象となれること、彼の大切な女になれること、そのすべてが深雪は嬉しい。

愛し方が特殊でも、そこに彼の心があることに変わりはないのだから。

「好きです……誠司さん、愛してます。わたしには、誠司さんだけです。誠司さんしかいないんです。どうかわたしを愛してください……誠司さんの愛をわたしにください」

「ああ……深雪……」

誠司は一瞬で笑みを消すと、射液と愛液塗《まみ》れの蜜壺に自身の漲りを挿れてきた。

「ああ！」

ずぶっと奥まで一気に貫かれて息がとまる。でもすんなり入ってしまうのも無理はない。だってこんなにびしょ濡れなのだから。

誠司は深雪の顔を両手で包み込み、丁寧に撫で回してから額を重ねてくる。

「深雪……俺にこそ君だけだ……君だけなんだよ……」

静かに目を閉じた誠司が、もう一度目を開けたとき、心底幸せそうな顔をする。その表情が見られただけで、深雪の心は満たされていく。

「誠司さん」

深雪が呼ぶと、彼は深雪の唇に触れるだけの優しいキスをしてくれた。

（ああ……気持ちいい……安心する……誠司さん、愛してます……）

ゆっくりと唇が離れる。深雪がホッと息をつくと、微笑んだ誠司が緩慢《かんまん》な動きで腰を前後させてきた。

「ああ……中がぐちょぐちょだ。ほら、見なさい深雪。深雪の中に、俺が入ってるよ。嬉しいかい？」

誠司の言葉に従って首を起こしてそこを見る。

大きく開かれた深雪の脚の間では、誠司の太くて硬《かた》い漲りが、淫らな穴にぬぷぬぷと音を立てて出し挿れされているところだった。蜜口が隙間なくみっちりと埋められている。ずずずっと雁首《かりくび》まで引き抜かれ、またずぶずぶと埋没《まいぼつ》するように全部が挿れられていく。その繰り返しが深雪の被虐心を煽った。

「あぁ、ん……ぅ、誠司さん……嬉しいです……はぁはぁ……気持ちいい――あぁっ！」

奥まで深く貫かれた衝撃で、告白が嬌声《きょうせい》に変わる。

誠司は深雪の腰を押さえて、奥をぐっぐっと強く二、三回突き上げると、一気にじゅぽっと漲りを引き抜いた。膣壁が雁首で強く擦《こす》られて気が遠くなる。

先に放たれた射液と深雪の愛液がまざり合った濃厚な艶汁が掻き出され、とろっと蜜口から垂れた。

「やだぁ……抜かないでください……。お願いします、誠司さん。わたしの中に挿れてください。いっぱい挿れてほしい……誠司さんのが欲しいの……中に出してぇ……」

繋がっていた物を急に奪われた深雪が、半泣きになりながら懇願すると、ヒクつく穴に屹立《きつりつ》をまた挿れてもらえる。奥を突き上げられて感じる深雪を見下ろしながら、誠司は恥骨《ちこつ》をぐりぐりと擦りつけてきた。

「深雪は本当に俺好みの女になったね。おねだり上手になったし、奥でも感じるいやらしい身体になって――しかも俺を愛してるなんて……本当に最高だよ」

褒められて嬉しいのは、彼好みの女になれば、もっともっと彼に愛してもらえるとわかっているからだ。

彼は不思議な人だと思う。本来、相反《あいはん》するものが平然と同居している。

優しいのにサディスト。社会性があるのに背徳的。完璧なのに不安定。支配的なのに弱い――不完全な状態で完成してしまったこの人を知れば知るほど、愛おしくてたまらない。

(誠司さん……わたしが護ってあげる……)

深雪が微笑むと、誠司は深雪の顎に手を添え、親指で唇を触ってきた。

「こんなに可愛い子は、めちゃくちゃに犯してあげないとね」

「はい……誠司さん……お願いします……ああぁ……あ――……はぁんっ」

深い処《ところ》まで挿れてもらっているのがわかる。誠司が恥骨を上下に擦ると、子宮口が鈴口でぞろりと撫で回される感じがして、蜜路が中の肉棒を勝手に締めつけてしまう。

誠司は深雪の膣の締まりを堪能《たんのう》しながら、乳房を摑んで乳首を押し出し、ぷっくりと膨らんだそれを口に含んで、ちゅぱちゅぱとしゃぶってきた。じゅっと吸い上げられて感じる熱は、肌を赤く色付かせる。そしてひと通りしゃぶり尽くした彼は、縛られて動けない深雪の身体を抱きしめ、自分のリズムで出し挿れする。

全体を大きなグラインドで撫で回したかと思ったら、次は敏感なお腹の裏を雁首で引っ掻く。そして突き上げるように最奥まで挿れると、今度は子宮口を執拗《しつよう》に何度も何度も突いてくるのだ。

こんなに内臓が突き抜けそうなほど貫かれたら苦しいはずなのに、誠司に躾られた淫らなこの身体は性の悦《よろこ》びに目覚めてしまう。

深雪は大きく胸を膨らませて、一気に息を吐いた。

恥骨で蕾まで擦られ、外でも奥でも強制的に感じさせられる。深雪は抱きしめられたまま、首をぶんぶんと激しく左右に振った。

「ああっ！　そこは……ああ！　ひぁ！　ああっ！　ああっ！　ああんっ！」

「気持ちいいか？　すごく締まってるよ。こうやって犯してほしかったんだろう？　こんなに濡れて。自分から腰を振ったりして。俺に犯されるのがそんなに嬉しいんだ？」

「はい、嬉しいです……あんっ、はぁはぁ……誠司さんのものになれて、幸せです」

誠司のリズムで揺さぶられながら、自分でも知らぬ間に腰を振っていたなんて……恥ずかしいのにとまらない。抽送《ちゅうそう》のあまりの激しさに頭がくらくらする。気持ちいい。全身が誠司がもたらす快感の熱で覆われていく。媚肉は細かく痙攣《けいれん》して誠司のものを離さない。一秒でも長くここにいてと、深雪の身体自身が言っているのだ。

「いく……きもちい、そこぉきもちい、いっちゃうぅの……せいじさん……すごい、すごい、ああ、ああ……はぁはぁ……いっちゃうぅ……いく……いくいくああ、いく……」

息を荒げ、ぶるぶるぶると震える。深雪を見下ろす誠司の笑みが更に深くなった。

「我慢させて狂わせるのもいいけど、今日はもう、ただ溺れてる深雪が見たいね。――いいよ、ほら、いけ！　いけ！」

命令と同時に二度、力いっぱい突き上げられ、法悦《ほうえつ》の波に頭が真っ白になる。

「はぁぅ――――っ！　……ああ……ああ……ぅう～～～」

痙攣する媚肉は、雁首で擦り回され快楽に泣いて、はしたなく愛液を垂らす。誠司が深い処を突くたびに、ぐちょぐちょと破廉恥《はれんち》な音がする。

誠司は呻く深雪の頬を撫でて唇にキスしてくれた。口内に舌を差し込み、れろれろと舐め回す。そしてその舌を伝って彼の唾液が流れ込んでくる。

これは甘い媚薬だ。深雪を更に淫らな女にする媚薬。

コクッと深雪が喉を鳴らして飲み込むと、誠司は満足そうに唇を離した。そして、息を吹き込むように耳元で囁く。

「気持ちよかったかい？　上手に中でいったね。目がとろんとしてる。可愛いいき顔を見せてくれたご褒美に、次は中に出してあげようね」

「はぁはぁ……はぁはぁ……あっはぁはぁ……あああぁ……」

絶頂の余韻で思考が回らない。めちゃくちゃな呼吸を整えることに精一杯なのに、誠司の優しい声に身体はゾクゾクする。

「こんなに素直で可愛い深雪が、俺に抱かれたいがために中出しのおねだりまでしてるなんて、きっと誰も想像してないだろうね……」

誠司は深雪の身体を抱きしめると、これまでの比でないくらい強く激しく、奥を突き上げてきた。細かく痙攣する深雪の身体に真上からのし掛かり、全身で押さえ込んで荒々しく抜き差しする。

傍《はた》から見るとそれは、女を縛ってレイプしているような鬼畜《きちく》な姿に見えたかもしれない。でも違う。誠司と、彼に囚われた深雪には、この愛虐こそが最高の愛情表現なのだ。

その証拠に、こんなに激しい行為でも、深雪の身体は女の悦びを感じて蕩《とろ》けきっている。快感に快感が重なって、肉棒をじゅぽじゅぽと出し挿れされながら快液をあふれさせた。気持ちよすぎてとまらない。誠司が身体を揺さぶるたびに、ぷしゃっ、ぷしゃっ、と飛び散ってしまう。

「ひぃ、ひぁ！　ああっ！　いいっ……ぁはあああ……いい、ううう、はうう……ああっ！」

再び絶頂を迎えた深雪の奥を執拗に突き上げる誠司は、抱きしめるというより、しがみ付く形で深雪に抱き縋ってきた。

「深雪、愛してる。愛してるよ……本当に……」

小さな囁きと共に、深雪の中に射液が注がれた。何度も何度も分けて噴《ふ》き出す熱いそれを奥に押し込むように、誠司はゆっくりと腰を動かす。やがて彼が中から漲りを引き抜く

と、二回分の射液と愛液がどっとあふれた。

心も身体も誠司に満たされる。これが女の——いや、自分の——

（……幸せ……）

深雪は脱力して目を閉じた。

誠司が何度もキスをして、麻縄を解いてくれる。彼を受け入れるために固定されていた身体が、一気に弛緩《しかん》してベッドに沈んだ。

もう身体に力が入らない。瞼さえも開かない。

「——」

誠司がなにか言っている気がしたが、もう眠気に引っ張られている頭では理解できない。

でも、温かい手のひらが頬を撫でてきて、キスされる。

自分を包み込む誠司のぬくもりに、深雪はただ安堵《あんど》して、そのまま意識を手放した。

◆　◇　◆

激しくも蕩けるような愛虐からひと晩。深雪は誠司の腕の中で目を覚ました。

「せぃじ……さん……」

「おはよう、深雪」

こめかみにキスをされて、ふにゃっと顔が緩む。行為を終えたあと、彼はあのまま深雪を抱きしめていてくれたのだろう。二人とも裸だ。

汗は引いているが、深雪の脚の間はしっとりと湿っている。ということは、眠っている間もこの身体が濡れていたということなのだろうか？　誠司に抱きしめられていることに反応して？

（〜〜〜っ。は、恥ずかしい……）

羞恥心《しゅうちしん》を誤魔化すように深雪は彼の胸に顔を埋《う》めた。すると、大きな手がゆっくりと丁寧に髪を梳《す》いてくれる。その手つきが本当に優しくて、心地よくて思わずため息が出た。

カーテンの隙間から射《さ》し込む光を見るに、今はお昼くらいのようだ。ずいぶんと長い間、眠っていたらしい。仕事が休みの日に、こんな時間までベッドにいるなんて。しかも最愛の人の腕の中で目覚めるなんて。なんて贅沢《ぜいたく》なはじまりなんだろう。

誠司と深雪の二人っきりのこの寝室は、会話がなければお互いの息遣いしか聞こえない。かと言って空気が重々しいわけでもない。自分が大切に包み込まれていることがわかるから、安心していられるのだ。

（あったかい。気持ちいいな……また寝ちゃいそう……）

ふと見ると、手首に縄の跡《あと》がくっきりと残っている。痛くはない。痛くはないが、昨夜の行為を思い出して、ぽっと顔が熱くなった。

いつもの誠司なら、深雪の身体に跡を残すような縛り方はしない。昨夜は加減を間違えるほど、力が入っていたということなのだろう。本気の誠司に抱かれたのだと思うと、彼にとって自分が特別ななにかなのだと実感できる。

「中に出して」なんて、大胆《だいたん》なおねだりをしてしまったけれど、でもなに一つ後悔はない。だって、ずっとそうしてほしかったのだ。彼が欲しかった。

誠司にたくさん愛してもらった身体は、まだ疲労が抜けきらないらしい。でもそれも、幸せな倦怠感《けんたいかん》だ。

深雪が目を閉じてまた微睡《まどろ》みはじめると、髪を撫でていた誠司が、ぽつりと呟いた。

「深雪。俺と……結婚してくれないか……」

「え……」

ぼうっとしていた頭に瞬時に電気が流れて、目を見開く。深雪が小さく頭を起こすと、迷いの晴れたような雰囲気《ふんいき》の彼と目が合った。

(あ——……)

言葉にしなくても、反射的にわかった。

通じたのだ。誠司に自分の気持ちが通じた。

彼といたい。ずっと側にいたいこの想いが——

「駄目?」

彼は深雪の頬を撫でて、はにかんだように笑っている。もう、深雪の答えなんか知っているだろうに、あえて深雪に言わせようとする意地悪なこの人が愛おしい。

深雪はふるふると首を横に振って、誠司を見つめた。

黒くて綺麗な硝子《がらす》玉のような瞳の中に、深雪だけが映っている。あの仄暗い深淵《しんえん》の中に棲《す》まわせてもらえるのだ。そう思ったら、胸の奥から熱いなにかが込み上げてきて、そのまま目からあふれて頬を伝った。

「うれ……しぃ……です……」

誠司は穏やかに微笑んで、流れる涙を指先で拭い、深雪の頭を抱いて自分の胸に押し付けた。そしてまたゆっくりと髪を撫でてくれる。なんて温かい手なんだろう。

「絶対幸せにするからね……深雪」

誓うようなその言葉が嬉しい。この人の側にいて、幸せになれないなんてあり得ない。だって、言葉一つでこんなに深雪を満たしてくれるのだから。

「わたしも……わたしも、誠司さんを幸せにします……！」

誠司の胸に頬擦りすると、彼はふっと優しく微笑んだ。

「もう幸せだよ？」

「もっとです！」

そう言い切った途端、上体を起こした誠司にぐるんと反転させられ、ベッドに押し倒される。腰に跨《また》がってきた誠司は深雪の髪を掻き回すように両手で撫でてきた。

「深雪はすごいね。君が『もっと』って言っただけで、また幸せな気持ちになる」

顔にかかる髪を丁寧に除けて頬を撫でてくる人を見上げると、自然と唇が重なった。

熱い舌先が口の中を這い、一周してから抜けて、唇の上下を交互に柔らかく食んでくる。

そのキスだけで、深雪はもう蕩けそうになってしまう。

(気持ちいい……)

「深雪……愛してる」

優しい声の中に、女を誘う色香がまじっている。誠司はキスをしながら、熱い昂《たかぶ》りを思わせぶりに腰に押し充ててきた。太くて、硬くて、熱いそれは、深雪の中を掻き回し、抉り抜いて快感で責め立てる凶器だ。そして、誠司と深雪を繋いでくれるもの……

昨日、二度も中に出してもらった処が、触れられてもいないのに熱く疼いて、じわりと濡れた。

「せ、誠司さん……もう、お昼なのに……」

お行儀よく太腿をすり寄せて、貞淑《ていしゅく》な言葉を吐く。すると、剥き出しの乳首が、誠司の人差し指でツンと突かれた。

「そんなにとろんとした目で言われても説得力ないよ。期待してるのがバレバレ」

「〰〰〰っ!」

この身体がどうなっているのか誠司に見透かされているのだと思うと、恥ずかしくて顔に熱が上がる。深雪が両手で顔を覆うと、耳元に誠司が唇を寄せてきた。そして、突いた乳首を親指と人差し指で捏ね回しながら、甘く囁いてくる。

「おや？　顔を隠すのかい？　そんなことをしたって無駄だよ。深雪――脚を開きなさい。君は俺の女《もの》なんだから……ね？」

指と指の隙間から覗くと、自分を見つめる誠司と目が合う。逃げられない……

あの仄暗い瞳の中に映るのは、捕らえられた自分だ。いや、それは正しくないか。

深雪は自分から捕まりに行ったのだから。

深雪は恍惚の表情《かお》でゆっくりと脚を広げた。

◆　◇　◆

駅から徒歩十五分。戸建てが並ぶ住宅街の一角で、これといった特徴もなく風景に溶け込んでいるのが深雪の実家だ。深雪が生まれた年に建てられた築二十四年。こぢんまりとした四十五坪の二階建て。そんな高田家に深雪と共に訪れた誠司は、深雪の両親に向かって手土産を差し出しつつ、爽《さわ》やかな笑顔で頭を下げた。

「鞍馬誠司と申します。今日はお時間をとっていただき、ありがとうございます。ほんのお口汚しですが、よろしければ……」

「深雪の父です。遠かっただろう。まぁ、座って。楽にしてください」

「母です～。ご丁寧にどうもありがとう。お会いできて嬉しいわ。深雪から『結婚したい人を連れてくる』って聞いていたので、楽しみにしてたんですよ～。深雪から聞いていたけど、ほんとかっこいいわねぇ」

両親が代わる代わる挨拶して誠司を歓迎し、リビングのソファに座るように促《うなが》す。

五十代半ばに入る二人は、普段着よりちょっとばかし小粋《こいき》にめかし込んでいて、一人娘が初めて連れてきた男に浮き足立っているのが見て取れるようだ。出窓に花なんか飾ったりして、なんだか家の中もお洒落《しゃれ》になっている。

スーツ姿の誠司は、営業職なこともあってか、深雪の両親を前にしても特に緊張した様子もなく堂々としている。どちらかと言うと、父のほうが緊張しているかもしれないから、少しおかしい。

深雪にプロポーズをしてくれた誠司は、その日のうちに、『早めに挨拶に行きたいから、ご両親の都合を聞いておいてくれないか』と言った。誠司のフットワークの軽さに驚いていると、彼は深雪を抱きしめて『早く結婚したい』と笑うのだ。

強く求められているのだと思うと、それだけで嬉しくなる。結婚したら、法律的にもこの人のものになれるのだ。だから深雪は、誠司に言われた通りすぐに実家に電話をした。

普段、お正月くらいしか帰らない深雪が、結婚したい人を連れてくると言うから、電話に出た母親は寝耳に水といった具合いで、「あなた彼氏いたの⁉」と驚かれてしまった。

この間帰ったお正月には、既に誠司と付き合っていたのだけど、深雪的には憧れの人の彼女になれた事実がまだ信じられずにいて、両親には話していなかったのだ。それに、人生初彼氏の存在がなんだか擽《くすぐ》ったく、人に言えなかったのもある。

誠司はひと回り年上だということ。上司で本当に尊敬していて、好きになってしまった深雪のほうから、付き合ってほしいと彼に告白したこと。そして彼にプロポーズしてもらったこと。彼はとても優しい人で、深雪も彼と結婚したいことも電話で伝えた。

両親は驚きはしたものの、次の週末はあいているからと、深雪と誠司が挨拶に行くことを了承してくれ、今日《こんにち》に至るわけだ。

「ありがとうございます。私も深雪さんのご両親にお会いできて光栄です。今日は、深雪さんと結婚させていただきたくご挨拶に上がりました」

そう言って頭を下げる誠司に寄り添って、深雪は幸せいっぱいの笑顔で宣言した。

「お父さん、お母さん。わたし、誠司さんと結婚します！」

反対される可能性なんて微塵《みじん》も考えていない。深雪の両親は、いつもいつでも深雪の選択を尊重して応援してくれた。そういう人たちなのだ。

案の定二人は、うんうんと頷いてくれている。

「深雪の選んだ人なんだから、私たちはなんにも反対しないよ。――誠司さん。この子は一人娘でずいぶん甘やかして育ててしまったのだけど、本当にこの子でいいのかしら？誠司さんのご両親はなんて？」

深雪によく似た母が、その頬に手を当てておっとりと首を傾げる。

その質問に、誠司は柔らかく微笑んだ。

「私の親はもう二人とも鬼籍《きせき》に入っています。父は私が生まれる前に事故で。母が看護師をしながら女手一つで育ててくれたんですが、高三の頃に過労で亡くなりました。親類とももうとうに縁は切れているので……」

「まぁ――」

深雪の母は驚いて、しばらく言葉を失った。

『俺の親は死んだことにするよ。実際、そう思っているしね』

誠司は自分の両親のことをどう話すのか、前もって深雪にそう話していた。

父親がわからないというのは聞いていたし、彼の言うことを疑ったこともないが、結婚のために取り寄せた誠司の戸籍謄本《こせきとうほん》の父親の欄《らん》は、本当に空欄だった。母親の欄に優子《ゆうこ》。続柄・長男と、書かれているだけだ。

『除籍《じょせき》しても残るんだよ』

誠司のマンションのリビングで二人並んで座っているとき、誠司はテーブルに広げた戸籍謄本に載《の》った母親の名前をコンコンと指先で叩いて、困ったように笑った。

成人したとき、気分的に除籍したんだそうだ。でも、シングルマザーだった母親が結婚した段階で、鞍馬の戸籍は彼一人だから、除籍は誠司を筆頭戸籍にするだけのもので、たいしたメリットもなかったらしい。

『母さんは再婚してるから――まぁ、法律上、母さんは初婚になるわけだし、再婚っていうのもおかしな話なんだけど――再婚相手と母さんの新しい戸籍に俺の名前はないんだ。その再婚相手と母さんの間に生まれた子供が男の子でね。母さんの新しい戸籍では、彼が名実共に母さんの〝長男〟になるんだ』

戸籍のマジックだと誠司は嗤《わら》う。本当の〝長男〟はここにいるのに――

『お母さんに、結婚することのお知らせは……？　連絡先なんかはわかるんでしょう？』

死に別れたわけでもないのなら、自分たちの結婚を機会にまた親子の交流が生まれたらいいなどと深雪は思ったのだ。

誠司は母親の再婚相手のことも、生まれた子供のことも知っているのだから、人伝に聞いたとか、再婚相手と会ったことがあるとか、母親とは連絡を取り合っているとか……なんらかの繋がりがあったのかもしれない。

彼はころんと横になって深雪の膝に頭を載せると、そのまま目を閉じた。

『連絡先は知らないよ。でも、戸籍上の親子はお互いに許可なしに戸籍謄本が取れるから、調べればどこに住んでいるかはわかるんだ。除籍したとき、戸籍謄本で見た住所に一度行ったことがある。戸建ての家に住んで、子供を抱いて、再婚相手と歩いてたのを見た。初めから会うつもりはなかったから、後ろ姿を見ただけだけど。幸せそうだったよ。よかった。だから、俺たちの結婚は知らせる必要はないと思ってる。そもそも母さんが俺の存在を相手に知らせないで再婚した可能性もあるし、なにより母さんと再婚相手の子供は、今十五、六のはずだ。年頃の子供がいる家庭に、わざわざ波風立ててやることもないだろう。手紙なんか出して、もしも旦那さんや子供が見たらどうなるか……。母さんは過去を捨てて、自分の幸せを摑むために行動したんだ。だから母さんは幸せでないとおかしいし、せっかく幸せを摑んだ母さんに、過去が今更付き纏《まと》うのも可哀想な話だろ。母さんは、自分を捨てた男と生き写しの俺には会いたくないいんだよ。連絡しないこと、会いに行かないこと。それが、俺のできる唯一の親孝行なんだ。だからね、深雪も俺の母さんは死んだものだと思って、連絡なんかしないでやってくれないか。——頼むよ……』

淡々と。ただ事実を並べるように淡々と話していた誠司の声が、最後の念押しだけは切実で、胸が傷んで苦しくなってくる。

この人は、自分を捨てた母親の幸せを護ろうとしている。

そして同時に、自分を捨てた母親を決して許してもいないのだ。

母親を語る彼の目にあるのは、深雪が触れられないほどの深い闇だ。彼が歪《いびつ》になってしまった根っこはここにあるんだろう。

なのに自分との結婚を機会に親子の交流を再開できたら——だなんて、絵空事を思い浮かべた自分の頭が、お花畑すぎて恥ずかしい。

こんなに愛情深くて優しい息子を、どうして彼の母親は捨てることができたのか。そこにはぬくぬくと育った深雪なんかには到底想像もできない複雑な理由があるのだろう。

彼を生んでくれた人だけど、この人が彼をズタズタに傷付けたのも事実なのだ。

『なんで深雪が泣くの？』

いつの間にか目を開けていた誠司が、頬に手を伸ばしてくる。憐《あわ》れみなど彼に失礼だと思うのに、この人が可哀想でならない。この人はなにも悪くないのに……

『そんなに深刻な話でもないよ。俺ももう、いい年だから。今更どうでもいいんだよ。深雪のご両親も、こう言っておいたほうが安心されると思うんだ。少なくとも嫁姑問題は起こらないわけだしね。ははは』

そう言って誠司は朗らかに笑う。けれども深雪は、彼が鏡に映った自分を睨むように見ているときがあることを知っている。口には出さないが、彼はたぶん、父親に生き写しだという自分の顔も嫌いなのだ。

人当たりのいい余所《よそ》行きの仮面の下にあるこの人の素顔を、誰も知らない。

深雪しか知らない。

生い立ち、過去、性癖——自分の中にある深い闇。なにもかも打ち明けた深雪が裏切ったら、この人はきっと壊れてしまう。

孤独に身を置いて、愛を求めて苦しんで、自分を嫌って、自分を偽りながらも、自分を愛してと藻掻くこの人が、深雪は憐れで可哀想で、そして心底愛おしい。

誠司が安心していられる居場所になりたい。

彼は生来、愛情深い人なのだ。愛すれば愛するだけ、同じように——いや、それ以上の愛で応えてくれる。そういう人だ。

だからこそ自分のすべてをこの人に捧げたい。そうすれば彼の愛は、深雪だけのものなのだ。

『誠司さん……大好き……愛してます。だからわたしと結婚してください……』

『ふふ、突然どうしたの？　でも、嬉しいよ。早く深雪のご両親に挨拶に行こう。それから引っ越しもしないとね。ここは単身用だし、ちょっと手狭だろう？　指輪も買いに行かないと。結婚式も挙げて——これから楽しいことばかりだ』

「——ご苦労なさったのね……」

しんみりとした自分の母親の声に引き戻されて、深雪はハッとした。

「高校生で一人になったのか。親戚もいなかったなら大変だっただろう。大学はどうしたんだね？」

「給付型の奨学金とバイトで卒業しました。そのあとは今の会社でずっと営業職です」

「一人でそこまでできるのは並大抵のことじゃない。お母さんがしっかり育ててあった証拠だ。立派なお母さんだったんだな」

誠司は気にしないのかもしれないが、自分の両親が彼の母親の話題から離れないことに深雪のほうが耐えられなくて、思わず口を挟んでいた。

「誠司さんはとても誠実で優しい人なの。上司としても本当に立派な人で。仕事ができるだけじゃなくて面倒見がいいから、会社でもみんなに慕《した》われててね。取引先の人もね、誠司さんだから任せるって言う人も多くて。わたし、わたしもこんな人になりたいなって思ってて……尊敬してて……憧れてたの。ずっと見てたら……わたし、好きになっちゃって……。わたしのこと、すごく大切にしてくれて……」

膝の上に載せた両手をぎゅっと握りしめると、誠司がそっと手を重ねてきた。

「ありがとう、深雪」

穏やかで優しい誠司の視線。プライベートで深雪を甘やかしてくれるときの蕩けんばかりの眼差しに、思わず頬が緩む。

(ああ……好き……)

目の前に両親がいなければ。ここが二人っきりの空間だったなら、深雪は間違いなく誠司の胸に飛び込んでいただろう。

誠司は深雪の手を握ったまま、両親に向き直った。

「深雪さんは本当に純粋で、素直で……。私には勿体ないお嬢さんだとわかっています。私は人並みの稼ぎしかありませんが、深雪さんに苦労はさせないとお約束します。どうか深雪さんと結婚させてください。お願いします」

深々と頭を下げてくれる誠司に倣って、深雪も頭を下げた。

「お父さん、お母さん、お願いします」

すると、両親は穏やかな口調で顔を上げるように言った。

「初めに言った通り、私たちに反対する気持ちはないよ。誠司くんに会って、目を見て、ああ、深雪のこと本当に想ってくれてるんだなぁというのを感じたからね。安心したよ。深雪も誠実ないい人を見つけてきたじゃないか。ああ、よかったよかった。なぁ、母さん」

「ええ、本当に。かっこいいしねぇ、ふふふ。誠司さん深雪をよろしく頼みます。目立った取り柄のある子じゃないけど、末永く可愛がってやってください」

両親の快諾に、誠司は「ありがとうございます。絶対に幸せにします」と誓ってくれた。

「はぁ～深雪も結婚か。私たちも年取るはずねぇ～お父さん？　深雪が生まれたばかりの頃は、『お嫁になんかやらないぞ』って言ってたのにね？」

ニヤニヤと笑いながら、深雪の母が隣に座る自分の旦那の横腹を突《つっ》く。

「いや～だって、いざとなるとそんなこと言えないよ。もっとこう、チャラチャラした感じのさ、柄の悪い男を連れてきたら文句の一つも言って追い出してやろうって思ってたけどさ、深雪はそんな不良みたいな男に引っ掛かるタイプじゃないってわかってるじゃない。それに、こんなしっかりした人を連れてきてるんだからなにも言うことないよ。これで反対なんかしたら、深雪に『お父さん嫌い』って言われちゃうよ」

「誠司さんとの結婚を反対されたら？　確かに言っちゃうかも……」

深雪が否定しないどころかむしろ肯定すると、父親は「ほら、やっぱり」と言って苦い顔をして笑った。

「誠司くん、男親はこんなもんだよ。娘に嫌われるのが怖いの。君も将来娘を持ったらわかる」

「肝《きも》に銘《めい》じます」

笑いも交えた和やかな雰囲気に包まれる。

深雪の父は誠司のことを殊《こと》の外《ほか》気に入ったようだ。仕事の具合いや、会社での深雪の様子を聞いたりしている。そんな中で、深雪の母が話を振ってきた。

「――ところで二人とも、お式はどう考えてるの？　今の人は結納とかしないのかしら？」

「そうね、結納はもうなしにして、お式は身内だけの小さなものにしようかって、誠司さんと話してたの。お友達を呼ぶのも考えたけど、私と誠司さんは共通のお友達とかいないし、会社の人はどこまで呼ぶかとか考えちゃうと大変だしね。披露宴は、今はお食事会みたいな感じでできるプランもあるみたいだから。日取りはまだ決めてないの。誠司さんが『物事を進めるのはご両親に挨拶してから』って言うから」

「私の身内が誰もいないので……かなり小規模な形になりそうで……すみません。深雪さんのお父さんもお母さんもご希望があると思いつつ、ちょっと人数が……」

誠司が申し訳なさそうに頭を下げるから、深雪の母は慌てて首を振った。

「そんなこと気にしないでちょうだい。誠司さんが謝ることじゃないわ。そうね、うちの身内に誠司さんを紹介するような感じね。うちもそんなに人数がいるわけじゃないけど、これから家族になるんですもの。小規模な披露宴なら、それぞれお話しするタイミングもあるだろうし、かえっていいのかもしれないわよ。ね、お父さん？」

「そうだな。大きい式はバタバタして、話す暇なんか実際ないもんな」

両親が肯定的に受け入れてくれたことに、深雪はホッと胸を撫で下ろした。

「お式は小規模でも、記念写真はたくさん撮ろうって誠司さんが言ってくれたの！　わたしね、ドレスも着物も両方着たくて」

「あら～。いいじゃない。そうよ。結局、あとから見返すのは写真よ～」

こうして四人であれこれ話していると、あっという間に二時間が経った。

「ああ、すっかり長居をしてしまいました。そろそろ、お暇《いとま》します」

「あらもう？　晩ご飯、一緒に食べない？」

腰を浮かせた誠司を、母が引き留めようとする。深雪は微笑んで首を横に振った。

「ごめんね、新幹線の時間があるから」

ホテルに泊まることも考えたのだが、帰れない距離ではないし、月曜は仕事だ。一泊して日曜の朝から移動するより、土曜のうちにとんぼ返りしてしまったほうが気も休まるというもの。

「残念だわ。今度はもっとゆっくり時間取っていらっしゃいよ。泊まれるように、誠司さんのお布団も用意しておくから。誠司さんもね、今度来るときには、ここを自分の実家だと思って寛いで。私たちのことも家族だと思ってくれたら嬉しいわ。ね、お父さん？」

「ああ。俺もついに息子が持てた」

目を細める深雪の両親に、誠司は柔らかく微笑んだ。

「ありがとうございます、お義父さん。私も父と呼べる人ができて嬉しいです。そしてお義母さん、ぜひまた伺わせてください。そのときはお食事も一緒に」

誠司が紳士的な所作で頭を下げると、深雪の母といったら、まるで芸能人を目の前にしたように大興奮して、隣にいる父をバシバシと叩いた。

「あ〜もう、よかったわぁ、深雪がこんないい人を連れてきて！　また来てちょうだい。二人とも気を付けてね」

玄関の外で見送ってくれる両親に手を振って、深雪と誠司は駅へと歩いて向かった。

「素敵なご両親だね」

電柱一つ分を歩いたところで振り返り、まだ手を振っている両親に会釈をした誠司がそう言ってくれる。

自分の親が誠司を受け入れてくれたことも、誠司が自分の親を受け入れてくれたことも嬉しくて、深雪は照れながら頷いた。

「はい。わたしの自慢です」

「………」

九月中旬の少し涼しさのまじった風が、さーっと吹き抜けていく。誠司は黙ったまま手を握ってきた。

「深雪はいつ入籍したい？　俺としては今すぐでもいいけど、これから毎年の結婚記念日になるわけだからね。日を選んだほうがいいとも思うし、どう？」

結婚記念日を入籍した日とするか、結婚式を挙げた日とするかは好き好きだろうが、誠司は入籍した日を結婚記念日にしたいようだ。

結婚式を挙げる日というのは式場の都合もあるだろうし、自分たちの思い通りに決められるとは限らないからかもしれない。

聞かれた深雪は少し考えた。

「そうですねぇ……祝日なんかどうですか？　結婚記念日が毎年絶対休みになります」

「祝日なら仕事も休みだし、一日中一緒にいられるわけだ。いいね」

深雪の案を誠司も気に入ってくれたらしい。

彼は、深雪と繋いだ手とは反対の手でスマートフォンを取り出し、カレンダーアプリを表示して見せてきた。

「九月は敬老の日と秋分の日があるけど、毎年同じ日付けとは限らないな。十月の体育の日も第二月曜日だし、あとは十一月三日の文化の日だね。今年は火曜日だけど、これは固定の祝日だ」

ハッピーマンデー制度により、固定日から特定週の月曜日になった変動制の祝日がいくつかある。春分の日、秋分の日もだいたいの日付けは決まっているが、詳細は天体観測で決まる変動制の祝日だ。唯一無二の結婚記念日までもハッピーマンデーに乗っかって変動制にするのは、些《いささ》か情緒に欠けるだろう。

「思ったよりあとですね。——あっ、そう言えば、十一月二十二日はいい夫婦の日ですよ。しかも、次の日は勤労感謝の日で絶対に祝日です。この日はどうですか？」

いい夫婦の日。素敵だ。いつ入籍しても誠司とならいい夫婦になれる自信はあるが、ゲンも担げる上に、翌日の勤労感謝の日は日付けが固定の祝日だ。必ず休みになる。

「いい夫婦の日。そんな日もあるのか、知らなかったな。結婚記念日は平日でも、翌日が必ず休みになるのはいいね。しかも今年の十一月二十二日は日曜か。土日月と三連休じゃないか。式場の予約もこの辺りに入れられたらいいね」

「入籍をいい夫婦の日にして、結婚式は三連休のうちどこかにということですか？」

「うん。式には、来てくださる皆《みな》さんが来やすい日を選ばないとね。今から取れるかはわからないけど、小規模の式場なら融通《ゆうずう》が利《き》くかもしれない」

確かに誠司の言う通り、連休のほうが皆《みな》来やすいだろう。さり気ない配慮《はいりょ》にさすがだと思いながら、深雪は繋いだ手を握り直して指を絡めた。

「じゃあ、いい夫婦の日に入籍して、そこの連休であいてる式場を探しましょう！」

「うん。引っ越しだけ先にしようか。実は物件の目星はついてるんだ。深雪が気に入ってくれたら、そこがいいかなって思ってる。会社もスーパーも近いし、家族が増えても大丈夫な間取りだよ。俺、深雪との子供が早く欲しい」

にこっと微笑んだ誠司に「だからまた中に出してあげる」と耳元で囁かれ、いろいろと思い出した深雪はボンッと一気に赤面した。

「～～～っ」

プロポーズしてくれた日――誠司が初めて中に出してくれた。あふれるほど注がれて、幸せで、嬉しくて、二度目は自分からおねだりもした。縛られて、快楽に溺れながら、身体の奥から彼に染めてもらったのだ。

次の日もベッドから出ることなく、誠司に抱いてもらった。確かそのときも、誠司は避妊せずに深雪を抱いた。

中に出されて感じたのは、彼と一つになれる歓びだ。迷いなく受け入れたのは、誠司という男のすべてを自分のものにしたい、彼との子が欲しいという、深雪の女としての本能だったのかもしれない。

「わ、わたしも……誠司さんとの赤ちゃん、欲しいです……」

深雪がもじもじしながら言うと、誠司は優しく微笑んで握る手を強めた。

今、誠司と二人で繋いでいる手を、誠司、深雪、子供の三人で繋いで歩く日が来るのかもしれない。妙にリアリティのあるその想像は、深雪をドキドキさせた。

「子供だけど、深雪は何人欲しい？」

「わたしは二人くらい……かな。自分が一人っ子だから、きょうだいが欲しかったなっていう気持ちが少しあって。誠司さんは？」

「俺もそうだね。子供はできるだけ多いほうがいいな。家族がたくさん欲しい。賑《にぎ》やかなのもきっと楽しいだろうなぁ」

誠司は潜在的《せんざいてき》に家族を欲しているのだろう。孤独なこの人を満たしてあげたい。この人が望むなら、何人でも産んであげたい。この人と、この人の子供たちが幸せに楽しく笑い合える家庭を築きたい。深雪は誠司に寄り添って微笑んだ。

「そうですね。絶対、毎日楽しいですよ」

こうして、二人で未来を話しているうちに駅に着いた。ここから新幹線の駅まで一駅電車に乗る。

「あっ、電車行っちゃった。次の電車が来るまであと五分くらいです。これに乗れないと新幹線に間に合わない――」

「深雪！」

次の電車を知らせる電光掲示板を見上げていた深雪は、突然誠司とは違う声に呼ばれた。

「？」

驚いて視線を向けると、改札口から出てきたのは見知った人で――

「慎《しん》くん！」

ツンツンとした短髪で、明るいオレンジのプリントTシャツにジーンズというラフな出で立ちの彼は、黒いリュックを片肩に引っ掛け、大股でこちらに歩いて来る。

「深雪、お知り合い？」

深雪と手を繋いだままの誠司が聞いてくるから、深雪は素直に頷いた。その間に、彼が目の前にやってくる。

「慎くん久しぶりだね。慎くんも里帰り？　こんな時期に珍しいね」

「ああ、うん。ちょっとな。もしかして深雪はもう帰るのか？　えっと、そっちの人は？」

彼は深雪の隣にいる誠司が気になるのか、チラチラと視線を向けている。深雪は二人を

←5·6

紹介することにした。

「誠司さん、この人は後藤慎平《ごとうしんぺい》くんです。実家のお隣さんの息子さんで、わたしより四つ年上です。小さい頃、よく遊んでもらっていたの。——慎くん、この人は鞍馬誠司さん。わたし……誠司さんと結婚するの。それでさっき実家に挨拶に行ってて」

少しばかり照れくさい気持ちを味わうが、悪い気はしない。

幸せいっぱい。頬を薄く染めて誠司の腕にぴとっと身体をくっつけると、誠司が少し笑って慎平に向き直った。

「初めまして。鞍馬です」

深雪の手を離した誠司が、ジャケットの内ポケットから名刺を出して慎平に差し出す。明らかに慎平のほうが年下なのに、それでも誠司はスマートな礼儀を怠《おこた》らない。誠司の名刺を受け取った慎平は、ばつが悪そうに頭を掻いた。なんだかその仕草が、今の彼のラフな服装もあって幼く感じる。

「あ、どもです……後藤です……スミマセン、俺、今、名刺なくて……」

「いえ、お気になさらずに。ゆっくりご挨拶させていただきたいところなのですが、申し訳ない、電車の時間が……」

誠司が苦笑いしながら電光掲示板にチラッと目を走らせる。深雪も見たら、次の電車まであと三分を切っていた。

「ごめんね、慎くん！　三分後の電車に乗らないと新幹線に間に合わないの！」

「ああ！　悪いな、引き留めて」

「ううん、またね！　おばさんによろしく！」

「深雪、ちょっと急ごうか」「はい」誠司と短くやり取りして、改札を早歩きで通り抜けたとき――

「深雪!!」

改札の向こう側で慎平が叫んだ。

パッと振り向くと、慎平が自分の口にメガホンの様に片手を当てていた。

「結婚おめでとう！　絶対、幸せになれよ！」

「うんっ！　ありがとう！」

慎平があんまり大きな声で言うから、周りの人からも注目されてかなり恥ずかしい。でも、祝福されるとやっぱり嬉しくて、顔が綻《ほころ》んでしまう。

(なんか、映画のワンシーンみたい)

そんなことを思いながら深雪は慎平に手を振って、誠司と共に階段を駆け上がった。

ホームに着くのと同時に、目的の電車がやって来る。

「なんとか間に合ったね」

「すみません、ギリギリになっちゃって。慎くんに会うなんて思ってもみなくて」

乗った電車は混んでいて、席が一つしかあいていなかったが、誠司はそこに深雪を座らせて、自身は吊革に摑まって深雪の前に立った。

「後藤くんは、幼馴染みなのかな？　親しいの？　全然聞いたことない人だけど」

誠司に言われた深雪は、少し考えて頷いた。

「一応、そうなりますね。慎くんのお母さんと、うちの母が仲良しなんです。だから慎くんとわたしも会う機会が多くて。親しいは親しいんですけど、年も四つ違うし、もちろんクラスも一緒になったことないから、一緒に遊んだ記憶って、正直、小学校の低学年までですね。あとはご近所のお兄ちゃんって感じで。わたしは中学受験して、私立の女子校に行かせてもらったんですけど、その受験のときに勉強見てもらいました。慎くんは大学から家を出たから、一年に一回会う程度で」

だから話すほどのものがなかったのだと言うと、誠司はにこっと微笑んだ。

「そうなんだ。——あ、着いたね。降りようか」

一駅の区間はあっという間だ。

電車を降りて、次は新幹線に乗る。新幹線は指定席を予約していたので、誠司と並んで座ることができた。

「深雪、さっき話していた新居なんだけどね。間取りも写真もこのサイトにあるから、ちょっと見てくれないか？」

「はーい！」

誠司が差し出してきた彼のスマートフォンの画面には、不動産会社のサイトが表示されている。３ＬＤＫで、リビングと主寝室はゆったりとした広さ。南向きの角部屋でウォークインクローゼットもあり、収納は多めだ。

「わ〜素敵！　いいですね。でも、お家賃高くないですか？」

内装の写真も見たが、かなり綺麗そうだ。そうなるとお家賃が心配になる。

すると誠司はクスッと笑って、シートに背中を預けた。

「この部屋は俺の持ち物件なんだ。こっちは賃貸に出して、自分は単身用の部屋を借りてたんだ。俺の今の部屋はだいぶ狭いだろう？　リフォームしてるからわかりにくいけど、実は古いし家賃はかなり安いんだよ。だから入ってきた家賃と相殺《そうさい》させて、あまりはローン返済に当ててたんだ。もうローンも完済したし、今まで借りてくれてた人がちょうど先月出ていったから、深雪が気に入ったらもう募集はとめるけど、どう？」

誠司が不動産投資をしていたと聞いて、深雪は目を丸くして驚いた。聞けばこの部屋の前にも投資用のマンションを持っていて、買ったときの値段より上がったタイミングで売りに出して、利益を上げていたんだそうだ。

同じ会社に勤めているから誠司の収入はなんとなくわかる。都内の三十代サラリーマンとほぼ変わらない。気持ち多いかなというくらいだ。でも、誠司にゆとりがあるように見えていたのは、副収入があったからなのか。

「そうなんですね。わたしはここ、素敵だと思います。見てみたいです」

「じゃあ、今度会社帰りに見に行こうか。会社からのほうが近いんだよ。あとね、式場なんだけど──」

誠司はいくつか見繕《みつくろ》っておいたという式場と、式場近くの食事処をスマートフォンで見せてくれる。「どこがいい？」なんて聞いてくる彼の肩に凭《もた》れながら、深雪はこの幸せに酔いしれていた。


新幹線に二時間揺られて電車を乗り継ぎ、途中、ファミレスで食事をしてから誠司のマンションに帰り着いた頃には、もう二十時を回っていた。

「お帰り。お疲れ様、深雪」

「お疲れ様です、誠司さん。やっぱり日帰りは少し疲れますね」

リビングに入って、姿見の横で薄手のコートを脱いでいた深雪は、不意に背後から抱きしめられた。

「んー？　深雪は疲れたかい？」

姿見に映った誠司は、深雪に頬擦りしながら、後ろからすっぽりと深雪の身体を包み込み、胸の前で両手を交差する。

温かくて、いい匂いがする誠司の身体。彼に触れられるだけで、深雪の心臓は恋の旋律《せんりつ》を刻む。

「じゃあ、今日のセックスはやめとく？」

彼の甘くしっとりとした重低音が耳から吹き込まれる。

鏡越しに誘うような視線を向けられ、身体が内側からぶるりと震えた。

誠司は気まぐれだ。週末のたびに深雪を抱いたかと思えば、何ヶ月も玩具だけで弄《もてあそ》び、自分の物をたまにしか挿れてくれないこともあった。プロポーズの前なんかは特にそうで、深雪は必死におねだりして誠司との繋がりを求めていたのだ。

でも今夜は抱いてもらえる——

「どうする？」

囁きながら耳の縁に唇で触れられて、深雪は魔法にかかったかのようなとろんとした眼差しで、鏡の中の彼を見つめた。

「……抱いてください……誠司さん……」

「ふふ、たっぷり可愛がってあげる。深雪のご両親からも頼まれたしね。『可愛がってやってください』って」

「〜〜〜っ」

両親はそんな意味で言ったわけではないとわかりながらも、顔に熱が上がってしまう。

誠司は胸の前で交差していた手をほどいて、深雪のブラウスのボタンを外しはじめた。

「……自分で……」

「俺が脱がせてあげる。シャワーもね、俺が洗ってあげる」

誠司の手で肩からブラウスが滑り落とされる。次にスカートのファスナーが下ろされ、ストンとスカートが床に落ちた。

服を一枚ずつ脱がされていくたびに、身体が火照る。

深雪は自分の吐息が荒くなっていくのを感じて息を呑んだ。脱がされるだけで興奮してしまう……

誠司はキャミソールとブラ、ショーツとガーターストッキングのみの姿になった深雪の身体を姿見に映して、抱きしめるように腰のくびれに指を這わせてきた。そして、鏡越しに深雪の目をじっと見つめながら首筋に唇を当ててくる。

それは深雪を支配する眼差しだ。深雪を引きつけて離さない、あの仄暗く深い闇を抱えた瞳——誰にでも紳士的で優しいこの人が、自分だけに見せてくれる特別な一面。

彼はキャミソールの肩紐を人差し指にひょいと引っ掛け、そのまま落とす。ブラに支えられた乳房が作った谷間があらわになった。ブラのホックがプチッと外され、緩んだカップから乳房がまろび出る。誠司の手がブラを毟《むし》り取るように外して床に放るから、深雪はすかさず乳房を両手で覆った。

「こら、駄目じゃないか。深雪の身体は俺のものなんだから。ね？　どうしたらいいか、わかるね？」

背中を指先で撫でる誠司に、優しい声で叱られてゾクゾクする。彼の叱り方はいつも、正しさに導いてくれる叱り方だ。深雪が自分で考えて行動するだけの時間と猶予を与える。そうして、深雪を彼好みの女に育てていく。

深雪が乳房からすーっと手を下ろすと、誠司は弓なりに目を細めて微笑んだ。

「よくできました。深雪は本当にいい子だね」

頭をゆっくりと撫でて褒められる。それが嬉しくて、鏡越しではなく少し振り返って彼を見つめると、こめかみに軽くキスされた。

「可愛い」

抱きしめるのと同時に乳房を柔らかく揉みしだかれて、身体がなにかを期待する。

彼はぷっくりと膨らんだ乳首を人差し指で左右に軽く揺らし、今度は指が食い込むほど強く乳房を鷲摑みにしてきた。

「はんっ……んっ」

思わず呻《うめ》くような声が漏れる。それを誠司はふっと小さく笑って腰を屈めると、押し出された乳首の先にちゅっと触れるだけのキスをしてきた。そして尖らせた舌先でピンと弾くようにそこを舐め、限りなくスローな動きで口に含んでいく——

くちゅっ、くちゅっと、しゃぶられて、お腹の底からゾクゾクしてきた。

（あ……気持ちいい……どうしよう……わたし、濡れちゃう……声も……）

ほんの少しの愛撫でも、誠司に慣らされた身体がはしたなく濡れてしまう。今すぐ彼にここで挿れられても、きっとすんなり奥まで入ってしまうに違いない。立ったままの深雪の身体に、誠司が大蛇のように絡まりついてくる。

深雪は半裸なのに、誠司はジャケットを脱いだだけのスーツ姿。乱れのない彼が深雪の乳首に舌を巻きつけ、扱きながらしゃぶってくる。その光景がひどくいやらしい。

誠司が、あの紳士的で落ち着きのある大人の男の人が、自分の胸にしゃぶりついているのだ。誠司は乳房の膨らみに顔を埋めるように頬擦りしたり、反対の乳房を思いのままに揉んだりしながら、深雪を舌先で弄んだ。いや、可愛がってくれる。彼の眼鏡の縁が当たる瞬間だけ、ひんやりとしている。

「んん……んっ、はぁん……んっ、んんん……」

深雪は口元に手をやって快感を堪《こら》えた。こんなに気持ちのいい愛撫、油断すると大きな声が出てしまいそうだ。

そんなとき、ふと視界に姿見が入ってきた。そこにいるのは、誠司の愛撫を受けて恍惚の表情を浮かべる自分だ。目は潤み、頬は薄く染まって、唇を噛みしめながらも快感に蕩けているはしたない女の顔。自分は誠司に抱かれているとき、こんなにいやらしい顔をしていたのかと思うと、内心、すごく恥ずかしい。

深雪が姿見から視線を外すと、ちゅぱっと音を立てて誠司が口から乳首を離す。吸いつかれた乳首は赤くなって、彼の唾液を纏ってツンと上を向いていた。

「さ、ストッキングも脱がせてあげる」

今さっきまで深雪の乳首を散々しゃぶっていたくせに、そんな気配などすっかり消し去った誠司が深雪と向かい合うように床に片膝を付く。そして自分の太腿の上に深雪の足を乗せて、ゆっくりとガーターストッキングを引き下ろした。

誠司にこんなふうにストッキングを脱がせてもらうのは初めてで、なんだか落ち着かない。彼の身体を踏んでいるような状態になることも、だ。

「せ、誠司さん……あ、あの……自分で……」

「いいんだよ。俺は深雪を可愛がってるだけなんだから」

誠司は反対のストッキングも脱がせると、腰でもたついていたキャミソールもついでとばかりに取り去った。あとはもう、ショーツしかない。誠司は床に膝を付いたまま、深雪のショーツをゆっくりと引き下ろした。湿ったショーツのクロッチがつーっと糸を引く。

（恥ずかしい……）

自分で脱ぐよりも余計に恥ずかしいのは、跪《ひざまず》いた誠司の視線がそこに注がれているからだ。彼に見られている……もう、ぐずぐずに濡れて蕩けたあそこを見られている……

深雪の足を片足ずつショーツから抜き取りながら、クスッと笑った。

「おやおや、こんなにびしょ濡れになってたのか？　おとなしそうな顔をして、深雪は本当にいやらしい身体だね」

「ご、ごめんなさい……」

恥ずかしくて下を向いて謝ると、立ち上がった誠司は深雪を正面から抱きしめて、耳元で囁いてきた。

「謝ることじゃないよ。深雪はなにも悪くない。処女だった深雪の身体を俺が作り変えただけ。俺専用にね――」

誠司の大きな手のひらが背筋を滑り落ち、腰からお尻の割れ目を通って濡れた淫溝をぬるっと撫でる。ビクッと深雪が身じろぎすると、彼はねっとりと耳の縁を舐めてきた。

「――そうだろ？」

囁かれるだけで本気でゾクゾクする。

そう、深雪の身体を変えたのは他の誰でもない誠司だ。無垢だった深雪を女にした。それも、恥ずかしいおねだりもしてしまうような淫らな女に、だ。

快感と愛虐と本物の縄で心も身体も縛り上げられて深雪が得たのは、女として愛される幸せだ。彼はいつも深雪を特別な存在にしてくれる。

深雪にだけ、素顔を見せてくれる……

「はい……。わたしは誠司さんに変えてもらったの。わたしは誠司さんのものです……」

「そうだよ。深雪は俺のもの。俺だけのものだ。一生ね。俺の可愛い奥さん」

奥さん――だなんて言われて、嬉しいのと、こそばゆいのとで、胸がいっぱいになって、ふにゃっと頬が緩む。

（ああ……わたし、誠司さんの奥さんになれるんだ……）

最愛の人にプロポーズされて、親への挨拶も終わって、友達にも祝福してもらって……誠司に選ばれた歓びが、血液に乗って身体中を駆け巡る。思わず誠司に抱きつくと、彼はぎゅっと強く深雪を抱きしめ返してくれた。

布越しに染み込んでくる温かさが、深雪に安心と幸せをくれる。

「深雪。さぁ、一緒にシャワーを浴びよう。洗ってあげるよ」

そう言って誠司は、外した眼鏡をダイニングテーブルの上に置いて、深雪の手を引きバスルームに向かった。そして手早く自身も脱いで、一緒にシャワーを浴びる。

髪は後回しだ。「またあとで入るよ?」と言われると、これからを想像して身体がまた反応してしまう。誠司は泡で出るボディソープを手に取って、泡を塗り付けるように深雪の身体を洗ってくれた。

「ふふ……とろとろ。洗っても洗ってもあふれてくるね」

「〜〜〜っ」

愛液のあふれる淫溝を指で前後に擦りながら笑われて、カァッと顔が熱くなる。洗ってくれているはずの彼の指が、時折蕾に当たって気持ちいい。その刺激は愛撫と変わらない。そう、姿見の前で抱きしめられたときから、深雪はずっと誠司に愛撫され続けているのだ。気持ちよくて、焦れったくて、今すぐ挿れてほしくなる。この優しい支配者に抱かれたい。

「誠司さん……」

深雪が呼ぶと、彼は優しく微笑んで唇を合わせてきた。上唇、下唇と順番に食んで、口内に舌を挿れられる。舌を絡めて吸いながら、その間彼の指先は泡と愛液でぬるついた蕾を捏ね回してきた。人差し指の先でくにくにと押し潰し、左右に揺らしてから親指と人差し指で挟み込み、芯を摘《つ》まむ。その性的な刺激は、深雪の子宮を疼かせて、啼《な》かせるのだ。

「は……ん……んんっ……」

唇がゆっくりと離れていくのが惜しい。もっとこの人とくっついていたい。いっそのこと溶け合って一つになれたらどんなにいいか。

誠司は深雪の身体にシャワーをかけて泡を流すと、バスタオルでふんわりと包み込んでくれた。

「さ、上がろうか」

「はい……」

彼は腰にバスタオルを巻いた状態で、深雪の手を引いてバスルームを出た。

これから抱いてもらえる……虐めてもらえる、いや、可愛がってもらえるのだ。

今日はどんなふうに抱いてもらえるんだろう？　麻縄で縛ってもらえる？　それとも手錠？　目隠し？

寝室への廊下を歩きながら、深雪の鼓動は期待で落ち着きをなくしていく。

誠司は深雪の身体を拘束して抱くことを好む。でも痛いことや、深雪が嫌がることは絶対にしない。

彼はただ、深雪を拘束して、自分の思いのままに犯し、愛の名の下に深雪の心も身体も支配するだけだ。それが彼の愛虐。優しくて激しい彼が深雪にだけに与えてくれるもの。

そして深雪は、誠司からの愛虐で感じてしまう。誠司に処女を捧げたときから、深雪はそういう身体にされてしまった。

誠司が寝室のドアを開ける。中は薄暗い。豆電球が一つついているだけだ。

彼はベッドに深雪を座らせると、自分も隣に座って深雪の頬に触れてきた。

「今日、深雪の実家に行って、深雪がどんなところで育って、どんな人と過ごしてきたのかを見て思ったんだ。これからの深雪は全部俺のものだけど、昔の深雪も全部俺のものにしたいなって。深雪のこと、全部知りたい、独占したいって」

ポツポツと話しながら、誠司がちゅっとキスしてくれる。

振り返ってみれば、誠司の生い立ちを含めた過去は聞いたことはあるが、深雪自身が自分の過去を語ったことはなかったかもしれない。

「重いかな？」そう言って困ったように笑う誠司に、深雪は微笑んで首を横に振った。

「ううん。嬉しい。でも、なにを話せばいいかわからなくて……」

平凡な家庭に生まれ、平凡ながらも当たり前に両親に愛されて育ってきたのが深雪だ。特別話すことなどなにもない。特別性がないことが幸せの証でもある。

「じゃあ、俺が聞いていい？」

自分で思い付かないのなら、聞かれたことに答えるほうが楽かもしれない。頷くと、腕に抱いた深雪をゆっくりとベッドに押し倒しながら、誠司は「じゃあ」と続けた。

「今日知ったんだけど、深雪は中学から女子校に行ってたんだね。どうして？」

なるほど。そういう話か。

仰向けになった深雪は少し眉を下げた。

「わたし、小学校の頃から、胸が大きくなって……。男の子の視線が胸に……プールの授業のときとか特に。自意識過剰なんですけど、あの頃はとても気になってしまって……共学の中学に行きたくなくて……」

今もだが、普段の深雪はかなり着痩せする。しかし水着となるとそうはいかない。重たく重量感のある乳房なのに、支えもなにもないスクール水着を着てラジオ体操なんかさせられれば、大きく揺れて人目を引く。

特にそれが、思春期を迎えたばかりの男の子の前なら尚更だ。

「そっか。嫌な思いをしたんだね。可哀想に」

深雪の身体に重なり、すっぽりと包み込みながら、誠司がよしよしと頭を撫でてくれる。それが気持ちよくて、まるで子猫になった気分だ。誠司にただ可愛がられる子猫に。

「それで、後藤くんに勉強を見てもらっていたの？」

「はい。塾も行かせてもらっていたけど、塾がお休みのときに、わからないとこを」

子供の頃の四歳差というのはとても大きくて、小学生の深雪にとって、中学生の慎平は頼れるお兄ちゃんという感じだった。彼は勉強も運動もよくできたし、優しくて、憧れる淡い気持ちもちょっぴりあった。

それに彼は、成長していく深雪の身体をじろじろ見てきたりはしなかったから、深雪としても安心できる相手だったのだ。

深雪が男性嫌いにならずに済んだのは、慎平のおかげかもしれない。

「なるほどね」

誠司は頷くと、話はもういいのか、ベッドサイドの引き出しを開けて、ピンクのファーが付いた手錠を取り出した。

「今日は手錠にするよ。この間縛りすぎて、手首に跡が残ってしまったからね」

気付いて密かに気にしてくれていたんだろう。その心遣いが誠司なんだなと思う。

誠司が付けてくれた跡は、たとえそれが縄の跡でも、深雪にとってはキスマークと同じだ。彼に抱かれた印。人に見られたらちょっぴり恥ずかしいけれど、手首なら腕時計やシュシュを巻いたり、カーディガンの袖を長くすれば隠れる。

「残ってもいいのに」

深雪がそう言うと、誠司は微笑みながら深雪の両手を頭上に上げさせ、頰を撫でた。

「駄目。俺は深雪が大切なんだよ。大切な深雪を傷付けたくない。深雪に痛い思いなんかさせたくないんだ。俺は狂ってるかもしれないけど、その気持ちだけは本当だから」

「誠司さん……」

深雪の声を隠すように、カシャンと手錠が嵌《は》められる。ベッドには固定されていない。ただ手と手を繫がれただけ。深雪の身体を傷めないように、気を使ってくれたのだろう。彼ほど自分を大切にしてくれる人はいない。優しい支配者——

胸の谷間に挟まれたタオルの端をピッと引き抜かれる。緩んだタオルをはだけられ、裸を誠司の前に晒《さら》された。

子供の頃からあまり好きではなかった自分の身体だけれど、今はそんなこともない。誠司が触ってくれるからだ。自分はこの身体ごと誠司に愛されている。

深雪が身体の力を抜くと、誠司は一度舌を絡めるキスをしてきた。首筋、鎖骨《さこつ》、乳房、臍《へそ》と、順に唇を当てられる。それは深雪の期待を高めるキスだ。

彼は深雪の脚を開いて間を陣取ると、膝裏をすくい上げて秘め処をあらわにした。

「んっ……」

熱の籠もった誠司の視線をジリジリと感じる。もう身体の隅々まで見られているし、いろんなこともされてしまっているのだけれど、未だにこの瞬間は羞恥心でいっぱいになる。大好きな人に、自分の一番恥ずかしい処を見られてしまうなんて。

頬を染める深雪をよそに、誠司は花弁《かべん》を広げて垂れてくる愛液を指先ですくった。そしてそれを塗り付けるようにして、蕾をくにくにと押し潰してくる。

「こんなに濡らして。深雪はいつも俺を待っているね」

「だっ、だって……んっ、わたし……誠司さんのことが……好きなんです……」

手錠がかけられた両手を頭上に掲げ、敏感な処を嬲られる快感に喘ぎながら、深雪は自分の想いを伝える。

「へぇ？　本当かなぁ？」

単に訝《いぶか》しんでいるのか、それとも喜んでいるのか……。結婚する深雪の気持ちを知らないわけではあるまいし、誠司は深雪を見下ろしながら片眉を器用に上げて笑う。

想いというのは、見えないくせに確実にそこにあるのだから質《たち》が悪い。確実に伝える手段などなく、試行錯誤するしかないのだ。

「ほ、本当で……んっ」

蕾をきゅっと摘まれて、ビクッと身体を震わせる。摘まんだ蕾を左右に揺らし、強弱を付けて捏ね回す。そのたびに深雪はたまらない快感に支配される。蜜口をヒクつかせ、愛液を垂らして喘ぐしかない。

「はぁはぁンッ、く……あぁぅ、はぁん、誠司さん……ふ、ふぁ……んんん……」

「ねぇ、深雪。もしかして、後藤くんが深雪の初恋の相手だったりするのかな？」

「あぁぅ、えっ？　はぁあんっ！」

突然、話が戻ってきてうまく頭が切り替えできない。深雪は快感に喘ぎながら、困惑した顔で誠司を見上げた。

「な、に……ああああ、ンッ」

「男にいやらしい目で身体を見られるのが嫌だったんだろう？　後藤くんも男だよね？　後藤くんも深雪の身体をいやらしい目で見てたんじゃないのかい？」

「し、慎くんは……そ、そんな目で、みっ、見ない……から、うっ、あああぁんっ」

指先で蕾の包皮を剝かれ、赤く尖った女芯を剝き出しにされる。

「へぇ？　そうかなぁ？」

誠司は剝き出しになった女芯を人差し指の腹でゆっくりと擦り上げながら、深雪の乳房を鷲掴みにした。

「彼、今日駅で会ったときに、すごい目で俺を睨んできたよ？　気付かなかった？」

「えっ？」

睨む？　慎平が？　あの場にいたのに、深雪はまったくわからなかった。

（びっくりした顔はしてたと思うけど――）

「ひゃぁあぁん！」

誠司の話を聞いて困惑した深雪の表情は、次の瞬間には快感に歪む女の顔になっていた。誠司がいきなり、張りで蜜口を貫いたのだ。

まだほぐされていない膣に、根元まで……奥までずっぽりと挿れられてしまった。

「挿れるよ」のひと言もなく、誠司に犯されている――その事実がもたらすこの上ない被虐感に、深雪はぶるりと震えた。

たっぷりと濡れた深雪の身体は、滑らかに誠司を呑み込んで離さない。たとえ乱暴に挿れられたとしても、深雪の身体は誠司を悦んで受け入れる。男と女のことなどなにも知らなかった深雪を、そんな淫らな身体に彼がしたのだ。

ぎゅうぎゅうと締めつけてくる媚肉を堪能するように、誠司は大きな動きで抜き差しする。浮き上がる深雪の腰を押さえつけ、最奥を重点的に突き上げ子宮を揺らす。女の身体を内側から責め立てるのだ。

でもそれが気持ちいい。

力尽くで快感に襲われる。気持ちいいこと以外、全部頭から吹き飛んでしまう。

「あぁっ！　ひ、あぅ、ああん！　あんっ！　誠司さぁん！」

手錠に繋がれた両手が頭上でカチャカチャと鳴る。恍惚の表情で深雪が呼ぶと、誠司は不敵な笑みを浮かべてじゅぽっと漲りを引き抜いた。

「や、やだぁ！　抜かないで！　抜かないでくださいっ！」

必死になって懇願する。そんな深雪の頬をひと撫でして、誠司は目を細めるのだ。

「可愛いね。そんなに挿れられたい？」

「は、はい……お願いです……挿れてください……誠司さん……」

深雪は誠司が挿れやすいように、膝を曲げた脚を自分から開いた。誠司から教わったおねだりの仕方だ。深雪は誠司に身体を隠してはいけない。彼が触りやすいように、彼が挿れやすいようにしなくてはならない。どうしてほしいのか、ちゃんと口に出してお願いしなくてはならないのだ。

広げた脚の間で、びしょ濡れになった穴が卑猥《ひわい》にヒクつく。後ろの窄《すぼ》まりも丸見えで恥ずかしい。でも、誠司に抱いてもらえるのなら、なんだってしてしまう。

「深雪はおねだり上手だね。ご褒美にたっぷりと虐めてあげよう。これでね」

そう言った誠司は、深雪の頬から手を離して、ベッドサイドの引き出しを開ける。

手錠が入っていたのと同じところから、今度は太いバイブが取り出されたのを見て、深雪の身体はぶるりと震えた。

全体的にごつごつしていて、膨らんだ先っぽが火かき棒のように曲がっている。太さも長さもあるそれは、誠司が深雪の身体を弄ぶための玩具だ。彼があれを取り出すとき、深雪は恥辱と快楽で徹底的に嬲られることになる。誠司でしか感じたくないのに、過去、あのバイブで犯され、狂うほどいかされたことを思い出し、怯える蜜路がまたじわっと濡れた。

望んでいることは誠司と繋がること。愛してもらうこと。なのに、これからあの玩具で嬲られるなんて——きっと、またためちゃくちゃにされてしまう！

深雪が首を左右に振って脚を閉じようとすると、ガッと片膝を押さえつけられた。

「駄目だよ、深雪。脚を広げなさい」

「ううう……だって、それは、誠司さんじゃないです……わ、わたしは誠司さんが……」

挿れてほしいのはあなたの物なのだと涙目で訴える。しかし誠司は満面の笑みを浮かべて、深雪の目尻にたまった涙を舌先でれろりと舐め取った。

「俺が欲しいんだね？　深雪は本当に素直でいい子だ。バイブ責めに耐えられたら、ご褒美にまた挿れてあげるよ。たっぷり愛してあげる。どうしたらいいかわかるよね？」

誠司は意地悪だ。深雪を弄ぶように虐める。

でも、そんな意地悪な彼のことも深雪は……

（好き……誠司さん……誠司さんに挿れてもらえるなら……愛してもらえるなら……）

抵抗する力を抜いて脚をM字に開くと、誠司に「いい子だね。大好きだよ」と頭を撫でられる。その手は変わらず優しいのだ。これから深雪を嬲り者にしようというのに。

「誠司さん……キスしてください……」

深雪の求めに応じて、誠司が唇を舐めるようにキスしてくれる。優しく、そして深く、舌を絡めて深雪を蕩けさせてくれるキスだ。

彼はゆっくりと舌を抜いてから、蜜口にバイブを充てがい、ずぶずぶと中に押し込んできた。

「ううう……」

硬くて冷たい無機質な感触が膣を犯す。深雪は思わず眉間に皺を寄せた。

自分の身体の中に、愛する誠司以外の物を無理矢理挿れられる。それは女として屈辱なのに、他の誰でもない誠司が、深雪の中に玩具《それ》を挿れてくる。

「ふふ……奥まで入るねぇ……もう、べちょべちょ……ヒクヒクしてる。ほんと、いやらしい身体。脚はちゃんと開いて。手もそのまま上に上げていなさい。自分でしっかりと受け入れるんだ」

M字開脚した深雪のあそこにバイブがずっぽりと挿れられて、今度は引き抜かれる。先端が膨らみ、凸凹《でこぼこ》した幹で媚肉が擦られ、また根元まで挿れられてしまう。ときにはぐぐぐっとバイブを脇に寄せ、蜜口を広げられる。

手錠こそ嵌められているが、どこかに固定されているわけではないし、脚も手もまったく動かせないわけじゃない。逃げようと思えば逃げられる。でも逃げたくない。

誠司に抱かれることを望んでいる深雪は、自分の意思でこの恥ずかしい格好でいる。

深雪のあそこが自分以外の物で犯される様を眺める誠司は、極上の笑顔だ。彼がバイブをゆっくりと抜き差しするたびに、にちゃっ、にちゃっといやらしい音がする。

バイブは誠司じゃない。なのに身体はどんどん濡れていく。

今、自分は彼にどんなふうに映っているのだろう？

（やだ……わたし……）

あまりにも恥ずかしくて、手錠で拘束された腕に顔を寄せて隠そうとすると、カチッとバイブのスイッチが入れられた。

「ひぅっ！」

深雪は目をぎゅっと閉じて、身体を強張らせた。身体の中でバイブが振動しながら回転する。奥まで差し込まれたバイブが、膨らんだ先っぽで子宮口のすぐ近くの肉襞を、三六〇度ぐるりと抉るように擦り回されるのだ。驚いた媚肉が蠕動し、ぎゅうぎゅうとうねる。その反動で膣から押し出されそうになるバイブを、誠司が押し込んできた。

それはバイブが奥のほうで小さく前後するのと変わらない。奥にバイブの先っぽが当たるのだ。振動して、回転して、擦って、深雪の子宮を突き上げる。

誠司によって奥で感じることを教えられた深雪は、その恐ろしいほどの快感に歯を食いしばって仰け反った。

「ぐぅううう……ぅっぐ……」

「気持ちよさそうだね。ふふ……深雪、さっきの話の続きをしようか」

「つ、づき……?」

なんのことかわからない。

涙の滲む深雪の目尻を優しい手つきで拭った誠司は、ぷっくりと膨らんだ乳首に唇で軽く触れた。

「後藤くんが深雪の初恋の相手?　っていう話だよ」

「はうっ！」

ぐっと更にバイブを押し込まれて、腰が浮き上がる。バイブの振動のせいで、子宮が直接揺らされているみたいだ。そんなことはあり得ないのに。

「深雪は他の男に見られるのは嫌だったのに、どうして後藤くんは平気だったのかな?」

「そ、れは……ぅっ……慎く、んがっ……ヘンな、目で……ぅう、見ない、から……ぁう」

バイブで責められながら、なんとか答える。

しかし誠司は、深雪の答えを聞いてふっと笑った。

「そんなはずはないよ。深雪が気付かなかっただけ。年頃の男なんて皆同《みな》じさ。相手に気付かれないように身体を見て、その服の下を想像するんだ。深雪の同級生の男たちは、まだ子供で、その加減が下手だったから深雪に気付かせた。後藤くんは深雪より年上だから、上手に隠せた。ただそれだけの話だと思うよ。今日だって深雪は、後藤くんが俺を睨んでたことに気付かなかっただろう？　あの人、深雪のことが好きだと思うよ」

（そんなはず、ない……）

彼の吐息が乳首に当たってゾクゾクする。

「で、でも……慎くんは、彼女がいたから……わたしには、興味な——ひうっ！」

「ああ、やっぱりね。よそで性欲発散するタイプか。彼、モテそうだもんねぇ。女に不自由はなさそうだ。じゃあ、深雪の前では余裕でいられただろうね。そういうところが魅力だったんじゃない？　深雪の年上好きはそこからかな？」

（っ！）

自分が年上好きになったことの陰に慎平がいることを指摘されて、昔、ほんの少しだけ、彼に憧れた時期があったことを思い出す。

あの淡い想いは、慎平が彼女を連れてきた日に、深雪の中から儚《はかな》く溶けて消えたのだ。

ぱくっと乳首を咥えられて、強く吸い上げられる。その唐突な刺激は無機質な玩具によるものではなく、誠司自身によるもの。大好きな誠司に乳首をしゃぶってもらっているのだと思うと、それだけで深雪は身体をピクピクと跳ねさせ、甘い声を漏らした。

「はぁうんっ……誠司、さん……ぁう〜〜」

乳首を口から出した誠司は、唾液で濡れたそれを乳房ごと鷲摑みにしてきた。そして反対の手でバイブをずぼずぼと出し挿れしながら、にっこりと微笑んだ。それは誠司が深雪の中に入って、深雪を快楽に突き堕《お》とすときとまったく同じリズムで――

「あっ、あっ、あっ――――」

「深雪、男にも種類があるんだよ。好きな女に自分の性欲を向けるタイプ。それと、好きな女に自分の性欲を向けることに罪悪感を持つタイプ。性欲が強いくせに正義感が強くて、下手に潔癖な奴ほど後者になるんだ。深雪は、素直で無垢で可愛いから余計にね。女を過剰に美化するような処女信仰の強い奴ほど、深雪みたいな子には手を出せないから、おかずにすらできないかも。そのくせ、俺を見てあからさまに動揺して顔に出してるんだから若いね、後藤くんは。自分の気持ちを隠すならもっと上手くやらなくちゃ。俺は間違いなく前者だからねぇ、深雪をぐちゃぐちゃに汚すのが好き。深雪は俺のものだからね。ああ……深雪、こんなに濡れて、腰を振って可愛いね。気持ちいいかい?」

「ああっ、あんっ、ん……ふ、ふーあぅう〜〜〜」

誠司の声が耳を素通りしていく。言葉としては聞こえているのに、快感が勝《まさ》っている今の深雪の中には残らずに、ただ自分の痴態《ちたい》を彼が見ていることに興奮していく。

誠司はにこにこと微笑みながら、深雪の中をバイブで犯してきた。

迫り来る快楽から逃れようとくねる深雪の身体を押さえつけ、バイブを持った手首を左右に捻《ひね》りながら出し挿れする。自動回転している物が更に不規則な動きをしながら、膣内をめちゃくちゃに引っ掻き回すのだ。それは、誠司の物を挿れられているときにはない動きで、次々と深雪を責め立てる。

「ひ、う、あああ、はぁはぁはぁ〜〜あああああ！」

「ふふ、深雪が俺にこんなことされてるって知ったら発狂しそうだね、彼——俺さ、あの手のタイプは気に入らないんだよ」

誠司が笑いながらなにかを言うが、バイブのモーター音と、掻き回される愛液の音、そして深雪の荒い息遣いの中でよく聞こえない。

バイブが膣肉を擦るたびに、子宮口を突き上げられるたびに、耐え難い快感に襲われる。

今、自分の中を出入りしている物は、無機質な玩具。なのに、誠司の手で出し挿れされると、玩具《それ》は誠司の身体の一部のようになって、深雪を快感で支配しようとする。

「せい、じさん、せいじさん、あああ……い、いく……いっちゃう……！　あああぁ！」

「勝手にいくのは駄目だよ、深雪。我慢しなさい」

「ううう……はいぃ……ぅっぐ……ふーっ、ふーっ、あ……ううう」

（いっちゃダメ……が、がまん、がまんしなきゃ……いっちゃ、だめぇ……）

乱れた呼吸を呻きながら抑えて、快感を逃がそうと悶える。でも深雪は腕を下ろすことも、脚を閉じることもしなかった。それが誠司の命令だから。

彼に抱いてもらえるのなら、なんでもする……

そんな深雪の身体を誠司は容赦なくバイブで掻き回し、ズンズンと奥を突いてきた。

「ねぇ、深雪？　深雪の初恋は誰かなぁ？　教えてごらん？」

喘ぎながら瞼を開けると、誠司と目が合う。笑っている誠司の瞳の奥が笑っていない。その瞳に見られてゾクゾクする。

彼は深雪の過去に自分がいないことが気に入らないのだ。

過去は変えられないからと蓋をするのではなく、過去の深雪の想いさえも独占したがる。しつこいくらいに責め立てて、何度も聞いてくるのも、全部深雪を愛しているから——

これほどまでに自分は想われているのかと、深雪は恍惚の眼差しで誠司を見つめた。

「わ、わたしの……はっ、こいは……ぅっせい、じさん、……せいじさん……です……」

とうの昔に溶けて跡形もなく消えた想いなど、初めからないのと同じだ。

この胸の中に深々と降り積もっているのは、誠司への想いだけ。

深雪の想いに応えてくれたのも誠司だけ。

過去を塗り替えるほど深く、彼への想いは降り積もる。

「そうだね、深雪の初めてはぜーんぶ俺だもんね？」

入ってくる。

き、じゅぽっと勢いよくバイブが引き抜かれた。そして間を置かずに、誠司が深雪の中に

ぐりぐりとバイブを乱暴に抜き差しされた深雪が絶頂へと押し上げられそうになったと

「は、はぃ！　ひ――――」

「――――っ！」

目を見開いて声もなく仰け反る。深雪はガクガクと震えながら、誠司の物を咥え込んだ処からぷしゃっと快液を噴き出した。

「俺に挿れられただけでいくなんて、深雪はいい子だね。大好きだよ。可愛い……深雪、俺の大切な深雪。バイブ責めをよく耐えたね。気持ちいいのを我慢してる深雪はとっても可愛かったよ」

深雪の顔にかかった髪を丁寧に除けた誠司は、頬を撫で回しながら、褒めてくれる。そして、何度も食むように唇を合わせて、深雪の中を突き上げ支配する。

そのときに、奥を抉るように腰を使われて、深雪はくらくらしながら快感に縋り付いた。

「ああ――……」

（わたし、誠司さんに抱いてもらえてる……しあわせ……）

意地悪なバイブ責めは辛かったけれど、耐えて本当によかったと心から思う。だって誠司にこんなに褒めてもらえる。愛してもらえるのだ。

ぱちゅんぱちゅん、と腰を打ち付けられるたびに、蜜路がぎゅうぎゅうと締まって、待ち望んだ誠司の物をしゃぶって離さない。遮る物のない、身体と身体の繋がりは、深雪を心から満足させてくれる。

「いく……ああ、いくぅ……いっちゃぅ……」

「おやおや。またいくのかい？　深雪はこんなに可愛いのに、身体はどうしようもなくいやらしいね。本当に俺好みだよ。じっくり見ててあげるからいってごらん？」

優しい嘲《あざけ》りに泣きそうになりながらも感じてしまう。乳房を揉みながら、誠司がじっと見つめてくるのだ。それがあまりにも強い視線で、視姦されているような気になる。

（恥ずかしい……）

いくのを見られるのは初めてではないのに、「見ててあげる」なんて言われたら、見られていることを意識して、本気でゾクゾクした。

少し視線を下げると、自分のあそこに、誠司の張りがじゅぶじゅぶと出入りしているのが見える。なんて、いやらしい光景なのか。

紳士的な誠司がこんなに激しい性行為を好むなんて、誰が想像するだろう？

誠司の赤黒く、太くて硬い物が、自分の泡立った愛液を纏ってぬらつく様に、深雪は異様に興奮して、ぷるぷると震えながら再度の絶頂を極めた。

「んんん――――ああっ！」

ぎゅーっと膣が引き締まり、誠司の物を咥えて蠕動する。恍惚に染まる深雪の目に、誠司が舌舐めずりするのが見えた。

彼は深雪の太腿を押さえつけ、膣の締まりを楽しみながら、乳房を揉んで、抽送を加速させる。絶頂の中で更にズンズンと奥を突き上げられて、深雪の頭は真っ白になった。

「————っ!!」

電流を浴びたように、ベッドの上でビクビクと痙攣する深雪の腹部に、ドピュッ！　と射液がかけられる。

熱いそれを中に注いでもらえなかったことに、深雪は呆然として涙ぐんだ。

中に注いでほしかった。誠司のすべてが欲しかった。先週は二度、三度と中に出してくれたのに、どうして？

親に結婚の挨拶もして、祝福されて、誰にも反対なんかされていないのに。また中に出してくれると言っていたのに——

それとも、深雪がおねだりをしなかったから？

「やだぁ……中がよかった……」

深雪が駄々をこねると、誠司は優しく微笑んでぎゅっと抱きしめてきた。

「引っ越しや、結婚式の準備があるからね。今、妊娠すると、深雪の着たいドレスが着られないかもしれないよ？　引っ越しも式も終わるまでは、ね？」

「あ……そっか……そうですね……」

誠司はちゃんと先のことまで考えてくれている。それなのに自分ときたら――

「深雪は中出しがもう癖になってしまったのかな?」

クスッと笑われて、自分のはしたなさに顔が熱くなる。

誠司はびしょびしょになった深雪の隘路に指を二本差し込み、掻き回すように弄《いじ》りながら、耳元に唇を押し付けて囁いてきた。

「結婚したら俺は避妊なんかしないよ。全部深雪の中に出してあげるからね。いい子だから、今は我慢しなさい」

先週、誠司に縛られたまま、中にたっぷりと注いでもらったときのことを思い出した身体が、ぶるっと震える。

結婚したら、あんな幸せなことを毎回してもらえるのか。

「……はい……」

深雪が素直に頷くと、誠司は「愛してるよ」と笑って、唇にキスしてくれた。

第八章　教えてください

「――ということで、鞍馬くんと高田さんがご結婚されることになりました。挙式は来週、二十二日に親族のみで執《と》り行われるということです。なお、高田さんはご本人の希望で、入籍後も旧姓で業務を行うことになっています」

結婚式を来週に控えた十一月。第二営業部部長の有川《ありかわ》が、朝礼の終わりにみんなの前で誠司と深雪の結婚について発表してくれた。

（ああ～。ついにこの日が……）

誠司と共に前に立った深雪は、ドキドキしたまま頬を赤らめて下を向いていた。

たぶん、皆《みな》驚いている。なにせ誠司は、深雪が入社する前から、ずいぶん長いこと女性の影がなかったのだから。しかし彼はモテないわけではない。むしろモテる。

誠実で、面倒見もよく、そして仕事もできる――紳士的な彼を慕う人は男女問わず多い。

それでも彼に女性の影がなかったのは、彼自身が寄せ付けなかったからかもしれない。

それに、「鞍馬主任には手を出さない」という、女性陣の中での暗黙の了解のような、独特の空気が確かにあった。それは、女同士の無駄な諍《いさか》いを生まないための予防策のようなものと言えばいいか。つまり深雪は、抜け駆けをした形になるわけだ。

その自覚があるだけに、この結婚についての女性陣の反応が怖い。

女の世界は独特だ。女子校出身の深雪は、それを痛いほど理解している。だからこそ、付き合っているときは、誠司に頼んで周囲に内緒にしてもらっていたくらいなのだから。

この会社で誠司と深雪の仲を知っているのは、誠司の部下であり、深雪の後輩でもある中川祐飛《なかがわゆうひ》ただ一人である。

中川に教えることになったのも、事情を知らない彼が深雪に告白してきたからであって、そのことがなければみんなと同じように内緒にしていただろう。

結婚も、上司と人事だけに知らせて、同僚たちにはなにも言わないという方法もあるにはあったのだが、それは誠司が嫌がった。

『俺は深雪との関係を隠したくない。深雪は俺の奥さんなんだって……みんなに言いたいよ。駄目かな？』

今までは内緒にしたいという深雪の希望を汲《く》んでくれていたのは誠司だ。なら次は、誠司の希望を深雪が汲むべきだろう。それに、これから先を考えたら、隠しておくほうが無理があるかもしれない。

(だ、大丈夫。みんなへの挨拶は、全部誠司さんが言ってくれるし……わたしは最後の『よろしくお願いします』だけ、一緒に言えばいいんだから……)

深雪がドキドキしていると、隣に立つ誠司が落ち着いた口調で話しはじめた。

「私事で恐縮なのですが、かねてよりお付き合いしていた高田さんと結婚することになりました。結婚後も、二人とも引き続き勤務させていただく所存です。どうぞよろしくお願いします」

「よ、よろしくお願いします」

誠司と一緒に深々と頭を下げる。すると――

「おめでとうございます!!」

ハキハキとした大きな声で、いの一番に祝福の言葉をくれたのは中川だった。

中川の隣では、宇佐美《うさみ》が「マ、マジで……?」と呟いてあんぐりと口を開けている。

彼は深雪の先輩で、誠司の元部下に当たる男だ。

力いっぱい拍手をする中川に釣られるように、宇佐美も放心したままではあったが拍手をしている。そんな驚きに満ち満ちた反応は宇佐美だけではない。営業部の大半が彼と同じ反応だ。むしろ、誠司と深雪のことを唯一知っていた中川の反応だけが特殊《とくしゅ》と言えるだろう。

「では、今日の朝礼は以上。みんな、今日もよろしく」

有川部長の一声で、皆《みな》各々の仕事をはじめる。

深雪が誠司を見ると、彼は普段と変わらない上司の顔で微笑んでいた。

「さ、俺たちも頑張ろうか」

「はい……。主任」

彼の言葉に頷いて自分の席に着く。すると、隣の中川が「本当におめでとうございます！　よかったですね！　高田さん」と言ってくれた。

「中川くん、ありがとう」

子犬のような人懐っこい彼の笑みは、誠司と深雪を心から祝福するもので、深雪としてもホッとする。

大丈夫、祝福してくれる人もいる——そう胸を撫で下ろしたとき、深雪のパソコンのメーラーが、ピコンと新規メールを受信した。

『今日の昼、食堂で詳しく話を聞かせてください』

そう、ひと言書かれたメールにドキッとする。そろ～っと辺りを見回すと、あらゆる女性社員からの視線が痛かった。

「まずは、『ご結婚おめでとう』と言わせていただくわ……」

「あ、ありがとうございます……」

ビル内にある喫茶店を大きくしたような食堂の一角で、周りを同じ部署の女性陣に取り囲まれた深雪は、冷や汗をかきながら引き攣《つ》った笑みを浮かべた。口では「おめでとう」と言いながら、みんなの顔が怖い。視線がチクチクトゲトゲしている。

窓際の奥まったところにある四人掛けの円卓に、他の席から椅子を持ってきてまで深雪を取り囲んでいるのだ。

「さ、鞍馬主任とのことを聞かせてもらいましょうか？」

口を開いたのは、深雪の目の前に座っている三十代半ばの女性だ。普段から飲み会やバレンタインといった行事で女性陣を取りまとめているリーダー格で、勤続歴も長いベテラン社員である。確か、誠司より一歳か二歳年下で、独身だったはず。

彼女は注文した本日のAランチであるカツ丼が冷めるのも気にせずに、両手の指先を顔の前で組み合わせ、じっと深雪を見つめてくる。深雪も深雪でAランチを頼んでいたものだから、気分はカツ丼を前にベテラン刑事から取り調べを受ける容疑者である。

「え、えっと……な、なにをお話しすれば……」

顔を引き攣らせながらも深雪がおずおずと口を開く。すると、女性社員らの目がくわっと見開いた。

「主任といつから付き合っていたの⁉　鞍馬主任に告白してもうまく躱《かわ》されるっていうか、相手にされない子ばかりだったのに。もしかして、鞍馬主任に告白されたの⁉」

「あ、えと……」

「なんてプロポーズされたの？　聞きたいっ！」

「そ、それは……」

「あのね、私たちの見解では紳士タイプと隠れ俺様タイプがせめぎ合ってるんだけど、本当のところ、主任はどっちのタイプなの⁉」

「あ、あの……」

怒濤《どとう》の勢いで質問攻めにされた深雪は、もうタジタジである。

抜け駆けを糾弾《きゅうだん》されなかったことはありがたいのだが、口を開く隙がない。その一方で、皆《みな》一様に目をランランと輝かせ、好奇心を隠さないのだ。リーダー格の女性に至っては、先程のベテラン刑事の雰囲気はどこへ行ったのか、頬を紅潮《こうちょう》させ鼻息も荒い。

「今まで徹底してプライベートを明かさなかった主任なのよ⁉　知りたくて当然でしょ⁉」

誠司も深雪も職場では上司と部下に徹していたこともあって、本当に誰も二人の仲に気付いていなかったらしい。それでも深雪からは、誠司に対する心酔《しんすい》が漏れていたのだと思う。しかしそれは、多くの女性社員たちと同じ反応だ。だから、「ああ、あの子は鞍馬主任に憧れているのね」と誰もが思って注目しない。だが誠司は違う。彼は自分の感情を完全にコントロールする。彼が自分の感情をあらわにするのは、深雪の前でだけで――

「はいはい。そのくらいにしてね。俺の奥さんを虐めないでくれるかな？」

ランチをトレイに載せた誠司が、中川と宇佐美を引き連れてやって来る。たぶん、全部聞こえていたのだろう。いつもの優しい笑みに、若干、苦いものがまじっている。

深雪の隣にいた女性が席を退いて誠司に譲ろうとするから、彼は「ありがとう」と微笑んで深雪の隣に座った。

「俺は結構俺様かな。ドMな子は俺と付き合うといいと思う！」

真後ろの円卓に自分のトレイを置いた宇佐美が振り返り様に茶化《ちゃか》すと、今まで輝いていた女性陣の顔がすーっと真顔になり、「は？　誰もアンタには興味ないし。俺様と身勝手を履き違えてるから振られんのよ！」とバッサリと斬り捨てる。

「ひ、ひでぇ。主任との扱いの差が露骨《ろこつ》過ぎねぇか？　俺のこと興味持ってよ。俺ってば結構いい奴よ？」

冷たい女性陣に宇佐美は食い下がるものの、まともに相手にされていない。

「宇佐美先輩、無理ないですよ。相手は鞍馬主任なんで。比べる相手が悪いです」

「中川、おまえなぁ！　何気におまえが一番失礼だぞ！」

「ス、スミマセン！　つ、つい本当のことを――」

中川を羽交い締めにしている宇佐美を「まぁまぁ」と押しとどめて、誠司は柔らかく微笑んで頬杖を突いた。

「高田さんから見て、俺はどうなのかなぁ？　ちょっと気になるかも。ねぇ、俺って俺様？」

首を傾げながら見つめられてドキドキする。深雪は自分の顔に熱が上がるのを感じながらも、ふるふると首を横に振った。

「主任が俺様とかないです……。すごく紳士的で……優しくて――」

――そして、優しい縄で深雪を縛って支配する。彼は紳士的な愛虐者。

「だ、そうだよ？　答えになったかな？」

誠司は、深雪を質問攻めにしていた女性陣をぐるりと眺めて微笑んだ。

「プロポーズの言葉は内緒ね。俺が高田さんに言った言葉だから。でも、そんなたいしたこと言ったわけじゃないよ」

穏やかに、でもキッパリと断ってくれる彼に、護られている感じがしてホッとする。深雪が密かに胸を撫で下ろしていると、リーダー格の女性がおずおずと手を挙げた。

「どうして高田さんだったんですか？　あ、いえ！　高田さんがいい子なのは知っています。でも、年もだいぶ離れて……それにその……主任は部下に……」

「ひと回りも年下の部下に手を出したことになる？」

言いにくそうに口ごもる彼女の言いたいことを、誠司が自分から補完する。

彼はプライベートと仕事をきっちりと分ける。おそらく、上司としての誠司を見てきた時間が長い人ほど、彼が部下と恋仲になるのは意外なのだと思う。

彼女がぎこちなく頷く前に、深雪は咄嗟《とっさ》に口を挟んでいた。

「違うんです！　わたしが主任に告白したんです。主任が誠実な方なのは、皆《みな》さんがご存知の通りです。ただ、わたしが好きになってしまって……。だから、その、主任がわたしに手を出したとかじゃなくて、むしろわたしが手を出してしまったというか……」

誠司の上司としての人格を疑われるのは心外で、それなら自分が抜け駆けをしたことを責められたほうがまだマシというもの。必死になって弁解すると、誠司が目を瞬く。

「えっ、俺は部下に押し倒されていたの？　知らない間に？」

「えっ？　えっと……あの、そういう意味じゃなくて――」

「あははは」

揶揄《からか》われてあたふたしていると、誠司が顔をくしゃくしゃにして楽しそうに笑った。

彼が休み時間とはいえ、会社でこんなふうに笑うのは珍しいというか、深雪が知る限り初めてのこと。深雪の目が誠司に釘付けになるのと同じく、女性社員らも驚いている。

「ははは。冗談だよ。その辺のやり取りは秘密ね。俺たち二人の思い出だから。でもどうして高田さんなのかという質問には……そうだね……。やっぱり、彼女が俺にとって特別な存在になってくれたから……かな」

自分を見つめてくる誠司の目は、穏やかで慈愛に満ちている。それが余所《よそ》行きの顔だと知りながらも、そんな彼も深雪はやっぱり好きなのだ。

（わたしにとっても主任は特別です）

人前ではうまく言えない気持ちを押し殺して、深雪がはにかみながら微笑むと、女性社員の一人が興味津々といった雰囲気で聞いてきた。

「ねぇ、高田さん。主任って家ではどんな感じ？　もう、一緒に暮らしてるんでしょう？」

「あ、はい。先週、お引っ越ししたので。主任は……普段から優しいです。紳士的だし、いろいろとスマートだし……。ご飯も、作ったら『美味しいよ』って全部食べてくれるし。わたしをお膝に乗せて、髪を……乾かしてくれたり……。いっぱい甘やかしてくれたり……。日常の何気ないところでも、わたしを本当に大切にしてくれて……あの……」

自分で話していてなんだが、無性に恥ずかしくなってくる。もともと人に注目されることを好かない性格なのもあるが、もはや誠司のプライベートは深雪のプライベートである。誠司がプライベートでも紳士的で優しいということを話すことは、誠司に優しくされている自分のプライベートを話すことと同意義なのだ。つまり、盛大に惚気《のろけ》ているわけで――

「あ、あの……」

じわじわと顔が真っ赤になっていく。すると、目の前にいたリーダー格の女性社員がぷるぷると震えながら目を輝かせた。

「やだもぉ～、この子、照れちゃって超可愛いんですけど。萌える！　鞍馬主任も高田さんのこういうところが好きなんでしょう!?」

「ははは。そうだね。年が離れてる分、可愛くて仕方ないね」

誠司はそう言って笑ってくれるが、深雪は恥ずかしくていたたまれない。とても顔を上げていられなくて俯くと、後ろの席の中川が話に加わってきた。

「はいはーい！　結婚式はお身内だけでってことなので、第二営業部のメンバーだけででも飲み会を開いてお祝いしませんか？　僕が幹事をやりますから」

思いがけない中川の提案に驚いて深雪が顔を向けると、彼は照れたように頬を赤らめた。

「あら、中川くん。あなた気が利くじゃない。そこの勘違い俺様とは大違い」

「お、俺だってなにかお祝いしようって思ってましたよ！」

女性社員の一人から揶揄われて、宇佐美がふて腐れながら応戦する。

(嬉しい……思ってたより、祝福されてるのかも……)

それもこれも全部誠司の人柄のおかげなのだろう。そんなことを考えていると、円卓の下で膝に置いていた手の上に大きな手がそっと重なってくる。慣れ親しんだ感触に自然と胸がときめいた。

「嬉しいねぇ、深雪。みんなが俺たちを祝ってくれているよ」

深雪は最初とは違う意味で顔を赤らめながら、誠司の言葉に頷いた。

◆　◇　◆

待ちに待った十一月二十二日がやって来た。

いい夫婦の日というのは、結婚式を挙げるのにとても人気がある日なのだそうだ。ゲン担ぎもあるが、翌日は祝日で必ず休み。更に今年は日曜とくれば、当然式場の予約も殺到する。だが、ミニウエディングを主に請け負っている式場で、夕方の枠があいているところを誠司が見つけてきてくれた。

結婚式を午前中に挙げるカップルが一番多いのだが、実はナイトウエディングというのもなかなかいい。特にこの式場のチャペルは、壁に埋め込まれた十字架のステンドグラスをライトアップできるように設計されているので、幻想的な光の中で式を挙げることができるのだ。それに、ＬＥＤライトを床下に仕込んだ発光するバージンロードや、キャンドルでの演出など、夜ならではのロマンティックな雰囲気も楽しめる。ちょうど夕飯時になるので、参列客にも無理がない。

遠方からの参列客にはホテルを用意する必要があるが、誠司が見つけてきたこの式場というのが、深雪の実家の近くなのだ。深雪の親戚は皆《みな》近場に住んでいて、むしろ新郎新婦である誠司と深雪が一番遠い。そのため、ホテルに泊まるのは誠司と深雪だけだ。

午前中に婚姻届を提出し、時間にゆとりを持って式場に入ることができたのも、ナイトウエディングならではメリットと言えるだろう。

式のあとの披露宴は、高砂は作らずに食事会形式にすることになっている。

ミニウエディングは準備もさほどかからず、三週間程で終わった。

一番時間がかかったのは深雪のドレス選び。迷いに迷った深雪は、小さな袖付きのプリンセスラインのウエディングドレスを選んだ。物語に登場するお姫様のように、シフォンのドレープがたっぷりとあしらわれているドレスだ。髪はふんわりとした編み込みで、かすみ草と小振りのグリーンが鏤《ちりば》められていてかなり可愛らしい。ベールは短め。三連チョーカータイプのパールネックレスは、誠司が選んでくれた。ブーケはヘッドドレスとお揃いで、かすみ草とホワイトスターのクラッチブーケだ。

ドレスの試着は何度かしたので誠司も見ているが、ヘアメイクまでばっちり決まった姿は見せていない。メイクさんのおかげで、普段の自分とはまったく違う華やかさがある。

自分では似合っていると思うのだが――

(誠司さん……なんて言ってくれるかな……?)

彼の反応を思うとドキドキする。

そのとき、コンコンっと小さくドアがノックされた。

深雪の首に最後のネックレスを付けてくれたメイクさんが手をとめて、深雪の代わりに「はい」と返事をしてドアを開けた。

「花婿さん！　まぁ、素敵。本日はおめでとうございます！」

「ありがとうございます。今日はお世話になります。よろしくお願いします」

衝立《ついたて》の向こう側から誠司の声がする。会う人会う人に丁寧に挨拶しているのが誠司らしい。メイクさんも「こちらこそよろしくお願いします」なんて、黄色い声になっている。

なんだか盗み聞きしているようで落ち着かないが、この花嫁控え室はそんなに広くない。入り口から着替えているところがいきなり見えないように、衝立があるだけなのだ。

「あの、妻の支度は終わりましたか？」

「はい！　ちょうど今終わったところですよ。本当に綺麗な花嫁さんで！　奥にいらっしゃいますからどうぞ」

メイクさんの案内で誠司が深雪のところまでやって来た。

「ああ、深雪……とても綺麗だよ」

「〜〜〜っ！」

誠司が満面の笑みでそう言ってくれるのが、嬉しいのと照れくさい気持ちが合わさって、深雪をもじもじさせる。一旦は下を向いた深雪だが、椅子に座ったまま誠司を見上げて、そのあまりのかっこよさにぽーっとしてしまった。

フォーマル度の高いノーブルな黒のタキシードは、完全に紳士の装いだ。背の高い誠司は、それを難なく着こなしている。髪がいつもと違う感じなのは、ワックスで流れを付けているからだろうか。

「素敵です……誠司さん……とってもかっこいい……」

「ありがとう。髪を上げている深雪を見るのはなんだか新鮮だね。似合ってるよ。可愛い」

彼はドレスアップした深雪をじっと見つめてくる。その視線はとても優しいのに、どこか熱い。まるで深雪の中の女を見ているみたいだ。

そんな二人のやり取りに、空気を読んでくれたメイクさんが「親御さんのお支度の進み具合いを見てきますね」と言って、控え室を出ていった。

部屋に二人きりになって、なぜだか余計にドキドキする。

「そうだ、深雪。誓いのキスはどこにしようか？」

ふと誠司に言われて鼓動が速まる。チャペルでの結婚式だ。当然、誓いのキスもある。

（み、みんなの前でキスする……ってこと……だよね？）

しかも、深雪側の親戚しか参列者がいない中で、だ。近所に住む母方の叔母夫婦と、賑やかな従姉妹《いとこ》が三人。そして祖父母。父方の祖母も出席してくれていると聞く。少人数だから、新郎新婦と参列者の距離も近い。なにより、両親の前でキスするのは、なんだかとても恥ずかしい。

「ほ、ほっぺとか、おでこでお願いします……恥ずかしい……」

「ふふ。そうだね。深雪は俺にキスされただけでも、感じて濡れてしまうもんね？」

「っ!!」

感じやすい身体のことを言われて、顔が火がついたように真っ赤になる。深雪をこんなはしたない身体にしたのは誠司なのに。彼が深雪に愛される女の悦びを教えたのだ。

「俺も深雪の感じてる顔は誰にも見せたくないよ。それは俺だけの特権だからね。深雪、心配しないで。誓いのキスはおでこにしようね」

「……誠司さん」

優しい誠司。深雪の嫌がることは絶対にしない。彼は深雪を虐めるけれども、それは愛に基づくもので、他人の前に深雪を晒《さら》し者にして辱めたりはしないのだ。彼がそういう人だとわかっているから、深雪は彼の前でだけ、安心して恥ずかしい姿を晒すことができる。深雪の中にある、淫らで、はしたない、快楽で躾られた女の姿は、誠司しか知らない。二人だけの秘密。

安心しきった顔を向けると、深雪の座っている椅子の背凭れに手を添えて、誠司がその綺麗な顔を近付けてきた。

彼の目が、眼鏡の奥で爽やかに細まって深雪の胸を射抜く。

「深雪は一生俺のものだよ」

その甘く響く低音に魔法をかけられたように、深雪の目がとろんと蕩けた。

この人が今日から自分の旦那様——いや、〝ご主人様〟のほうが、誠司のイメージにぴったりかもしれない。深雪は誠司の女《もの》。今日、それをみんなに認めてもらえるのだ。

誇らしい気持ちと共に、身体中が喜びに包まれていく。

これが幸せ――

「ね？」

「はい……」

「じゃあ、深雪。本物の誓いのキスをしようか。舌を出してごらん？」

深雪は誠司に言われるがまま、おずおずと舌を差し出した。

二人だけの誓いのキスは、深雪が彼のものだという証明だ。

眼鏡の奥の目を弓なりに細めた誠司が、妖《あや》しく微笑む。そして舌先で深雪の舌を撫でて、ゆっくりと滑らせるように舌を絡めてきた。ぬるついた感触と、甘い吐息と、こんなところでキスをする背徳感がまざり合って、深雪の鼓動を速くする。

（あ……、わたし……濡れて……）

少し誠司に触られただけで、あそこを熱く濡らしてしまう自分が恥ずかしい。

身体が彼に抱かれたときのことを思い出している。この人が、自分を虐めてくれる瞬間を待っているのだ。

「ん……」

ちゅっと舌を吸い上げられた深雪が声を漏らす。

「可愛いね。その純白のドレスの下はどうなっているのかな?」

「〜〜〜っ!」

深雪の身体がどうなっているかなんて、誠司はもうお見通しなのだ。そう思うと羞恥心で、顔を上げていられなくなる。ドレスの下で膝と膝とをすり合わせてモジついている深雪の耳元に、誠司が唇を寄せてきた。

「今夜ね」

「!」

誠司の声に反応してお腹の奥がズクッと疼く。もう、身体が期待してしまっているのだ。深雪が真っ赤になって俯くと、彼は「可愛いね」と囁いて、紳士の顔で微笑んだ。

時間をそうあけることなく、メイクさんが戻ってきて、支度の終わった深雪の両親を連れてきてくれた。

「まぁ、深雪!　綺麗よぉ〜!　本当に綺麗!」

「ついにこの日が来たんだなぁ……深雪が、僕たちの深雪がお嫁さんか……」

ドレスアップした深雪を見て、両親が口々に褒めてくれる。その目には涙が浮かんでいて、なんだかこっちまで泣けてしまう。

「お父さん、お母さん、ありがとう。お世話になりました」

深雪が声を詰まらせると、母親が何度も何度も頷いて深雪の手を握ってきた。

「ご参列者様の会場入りが終わりました。そろそろ……」

短い一家団欒のあと、式場の人に案内されてチャペルへと移動する。

チャペルは独立した建物になっており、緑の芝生に囲まれている。昼間のプランなら、ここでガーデンウエディングをすることもできるのだが、ナイトウエディングではチャペルをライトアップしている。

光に包まれた真っ白なチャペルは、昼間に見るのとはまた違った神々しさがある。

「新郎様、新婦様、そしてお父様はこちらでお待ちください。お母様、スタッフがお席までご案内します」

チャペルのドアの前に深雪らを残し、母親だけが先に裏口からチャペルの中に入る。

そのとき、父親が誠司に向かって右手を差し出した。

「誠司くん、深雪を頼みます」

「はい。必ず幸せにします」

静かに、でもはっきりとそう宣言して、父親と固い握手を交わす誠司を頼もしく感じる。

この人と共に歩んでいけば、自分が幸せになれるという確信が深雪にはあるのだ。

「では、新郎様のご入場です」

司会の声と共に、チャペルのドアが開かれ、誠司が先に進む。その足取りに緊張は見られない。むしろ堂々としている。

介添え人にベールを下ろしてもらった深雪は、父親と腕を組んだ。

「続きまして、新婦様のご入場です」

このチャペルは外側から見るよりはるかに天井が高い。それもそのはず、チャペルの半分が地下に埋まっているのだ。入り口から数歩入ると緩やかな螺旋《らせん》階段になっており、その階段を降りていく。天井付近の壁に埋め込まれた十字架のステンドグラスがライトアップされ、見事に煌《きら》めいている。光の演出はそれだけではない。キャンドルがまるで空中に浮いているように吊り下げられており、その淡い光はとても幻想的な雰囲気を醸し出していた。

荘厳《そうごん》なパイプオルガンの音色が響き渡る中、階下で誠司が待っている。

自分を見上げる彼をベール越しに見つけたとき、深雪の心臓は一気に速くなった。

一生に一度の、自分が主役の晴れ舞台。もちろん緊張もしている。でも、心のどこかがふわふわしている。白昼夢の中にいるみたいだ。幸せすぎて、落ち着かないのか。

幸せの深みに自分から嵌まっていくように、一歩、また一歩と、階段を降りていく——

階段を降りきったら、父親の手を離れて自分から誠司に近付く。

誠司が微笑みながら差し出してきた手を取って、彼と腕を組んだ。その瞬間、参列者と参列者の間の床のライトがふわっと点灯して、光のバージンロードが浮かび上がる。

珍しい光の演出に、参列者から「おおっ」と声が上がるのをどこか遠くで聞きながら、深雪は誠司と共に祭壇《さいだん》へと向かった。

既に処女を奪われた身体でバージンロードを歩くのは、なんだか変な気分だ。

深雪の処女は誠司に奪われた——いや、奪ってもらった。深雪が自分から捧げたのだ。自分で服を捲《めく》って、自分で脚を広げて。そんな深雪に、誠司は応えてくれた。優しくも、激しく抱いてくれたのだ。目隠しをして、一気に身体を貫き、深雪に女として愛される幸せを教えてくれた。

あの日のことは忘れられない。思い出すだけで子宮が疼く。この身体は、誠司しか知らない。そしてこれからも——ずっと。

「鞍馬誠司さん。あなたはこの女性と結婚し、夫婦となろうとしています。あなたは、幸せなときも、困難なときも、富めるときも、貧しきときも、病めるときも、健やかなるときも、死が二人を分かつまで愛し、慈しみ、貞節を守ることをここに誓いますか？」

初老の神父の言葉に、誠司が淀みなく答える。

「はい。誓います」

「高田深雪さん。あなたはこの男性と結婚し、夫婦となろうとしています。あなたは、幸せなときも、困難なときも、富めるときも、貧しきときも、病めるときも、健やかなるときも、死が二人を分かつまで愛し、慈しみ、貞節を守ることをここに誓いますか？」

緊張して、ごくっと生唾を呑む。自分が注目されていることがわかるだけに、余計に身体が硬くなってしまう。

そのとき、誠司が組んだ腕とは反対の手で、深雪の手をそっと撫でてくれた。ふと、横を見ると、穏やかに微笑んでいる誠司と目が合う。

――大丈夫？　みんなの前で、俺のものになるって言える？　言えるよね？　深雪はいい子だもんね？　じゃあ、言ってごらん？

そう言われている気がした。

自分でもびっくりするくらい、するっと言葉が出た。誠司に促されただけで……

「はい。誓います」

「では、指輪の交換を」

神父が白いリングピローに載せた結婚指輪を差し出す。

誠司と一緒に選んだ指輪だ。

細身のプラチナで、装飾もなにもないとてもシンプルな指輪には、内側にお互いの名前と、今日の日付けが彫り込まれている。男性用と女性用とでデザインが違う指輪もあったが、深雪が「同じデザインがいい」と言ったのだ。その指輪をお互いの左手の薬指に通すと、神父が深雪と誠司を交互に見て、「では、誓いのキスを」と言った。

誠司と向かい合って腰を屈めると、ゆっくりとベールが持ち上げられる。チラッと目が合った誠司が何度見てもかっこよくて、ドキドキしてしまう。

頬を薄く染めて目を伏せると、約束通りおでこに軽くキスされた。

「今、ここに、お二人は夫婦として認められました」

参列席を振り返ると、両親をはじめとする親戚たちが一斉に拍手をする。

(わたし、誠司さんのお嫁さんになれたんだ……)

祝福されている歓び。夫婦になれた歓び。対外的に、自分は誠司のものだと認められた歓びが、深雪の胸を満たしていく。

ふと、誠司を見ると、視線を感じたのか彼も深雪を見てくれる。

差し出された誠司の腕に自分のそれを絡めて、ぴったりと寄り添う。幸せで、幸せで、泣きそうになりながらも、深雪からは笑顔がこぼれていた。


式のあとは、参列してくれた親戚たちに誠司を紹介する食事会だ。品のいい中華料理店を予約して、皆《みな》で円卓を囲んだ。

みんな、誠司のことを「頼り甲斐のありそうな人ね」「誠実そうな人じゃないの」「男前ねえ」「深雪ちゃんを見るときの目が優しいわ」「深雪はいい人と結婚したね」「よかったよかった。深雪は幸せ者だ」と口々に褒めて、彼を家族として歓迎してくれた。

お開きになって、みんなを駅まで送る役目は両親が買って出てくれた。

「疲れたでしょう」という言葉に甘えて、深雪と誠司は式場の敷地内にあるホテルのジュニアスイートルームに入った。

「結婚式、終わっちゃいましたね」

なみなみとお湯を張った優雅なバスタブの中で、背後から誠司に包まれる形になって深雪はホッと息をついた。キャンドルを思わせる優しい暖色の明かりに包まれ、ほどいた深雪の長い髪が水面にゆらゆらと広がる。

誠司は深雪の胸の前で両手を交差させ、ぎゅっと抱きしめてきた。その左手の薬指には、銀色に輝く指輪がある。深雪とお揃いの指輪だ。

「綺麗だったよ、深雪。本当に綺麗だった……」

そう言って首筋に唇を押し当て、ちゅっと軽く吸い上げてくる。微かな刺激なのに、甘ったるい声が漏れてしまった。その声の中にまじっているのは期待だ。

『今夜ね』

控え室で囁かれた誠司の声が、深雪の中にまだ残っていて、心臓をドキドキさせる。

（初夜……してもらえる、かな？　それとも、疲れちゃったから、なし……かな？）

ナイトウエディングは幻想的な雰囲気でとても素晴らしいが、お開きの時間が遅くなるので、疲労がたまるのが欠点だ。

誠司は初めて会う親戚たち一人一人に、丁寧に挨拶をしてくれていたし、気疲れもあるだろう。それに、誠司がいける口だと知った深雪の父に、お酒もたくさん飲まされていたから、早く休ませてあげたほうがいいのかも――

彼を気遣う気持ちと、今日という日こそ思いっきり抱いてもらいたい女心が鬩《せめ》ぎ合う。甘えてもいいものかと、深雪が躊躇いながら肩越しに振り返ると、眼鏡のない誠司と目が合った。

「深雪、疲れたかい？」

小さく首を横に振る。もしかすると、身体は疲れているのかもしれない。でもそれを上回る多幸感が、深雪から疲れを奪っている。

「じゃあ、今夜、深雪を抱いてもいい？」

じっと見つめられて、その眼差しの熱さにゾクゾクする。誠司は深雪の返事を聞く前に、乳房をぐいっと揉み上げた。

「深雪は俺に抱かれたい？」

乳房をまあるく撫で回し、親指で乳首を擦られる。

「抱かれたいときはどういうふうにお願いするんだったかな？」

乳首をきゅっと摘まみながら耳の穴に息を吹き込むように囁かれ、お腹の奥がずくずくと疼く。早くこの人に抱かれたいと、身体が言っていた。

「抱いてください、誠司さん……」

「今日はたっぷり虐めてしまいそうだけど……いいかな……？」

つーっと耳の縁を舐められて、ポッと頬を染めながら深雪は俯いた。この人にならば、たとえなにをされても構わない。彼は絶対に自分を傷付けない確証がある。

「はい……たくさん虐めてください……わたしは、誠司さんのものですから……」

「そうだね。深雪は俺の奥さんだ。可愛くて大切な俺の奥さん。なにがあっても絶対に離さないからね。俺は君だけを愛してる。永遠に愛し続けるよ。だから深雪も俺から離れないで。俺の側にいてほしい」

ぎゅっと強く抱きしめられて、彼の想いの強さに胸を打たれる。

彼自身の言葉で紡がれる愛の誓いは、神父の前でした定型文の誓いなんかよりも、ずっと心が籠もっている。

「わたしも……誠司さんだけを愛しています。ずっとずっと、永遠に愛し続けます。誠司さんの側を絶対に離れません……」

見つめ合っているうちに自然と唇が重なって、少しだけ舌が絡まる。

（あ……）

キスだけでじわっと濡れてきた身体を恥じて深雪が耳まで真っ赤になって俯くと、猫が鼻にキスするように、誠司がツンと鼻の頭を合わせてきた。

「上がろうか」

「……はい」

洗面所の大きな鏡の前にバスローブ姿で座って、誠司に髪を乾かしてもらう。

自分でできることをあえて誠司にやってもらうことが、甘やかされているようで嬉しい。

誠司は乾いた深雪の髪をひと房すくって毛先にキスをすると、鏡越しに見つめてきた。

「行こうか」

「……はい」

誠司のあとに付いて部屋を移動する。

この客室は、同式場で結婚式を挙げたカップル専用だ。ラグジュアリーなリビングと、猫脚のバスタブを備えたバスルーム、そしてベッドルームが特徴で、部屋の至る所に薔薇《ばら》の生花が飾られている。更におまけに、キングサイズのベッドの上には、薔薇の花びらでハートが形作られていた。

「わぁ……綺麗……」

（綺麗だけど……なんだかすごく恥ずかしいような……）

今からここでなにをするのかを見透かされているみたいだ。

淫らな行為を意識して、あそこが疼く。

「これが噂のハネムーン仕様か。凝《こ》ってるね」

誠司は花びらを避けてベッドに座ると、深雪に向かって両手を広げた。

「おいで、深雪」

言われるがまま、誠司の脚の間に座れば、当たり前に後ろからきゅっと抱きしめられる。そう、これは当たり前のこと。誠司に呼ばれれば、深雪は彼の元に行く。彼に命じられるがままに深雪は行動する。愛する彼に逆らうなんて考えたこともない。でもそれは、深雪がしたいからそうしているのだ。

大好きな誠司の匂いに包まれていると、ドキドキするのに安心する。

彼が喉をこちょこちょっと擽ってくるから、深雪はふにゃっと目を閉じた。そしたら唇にキスされる。

「んっ」

「可愛い。こんなに可愛いお嫁さんをもらって、俺は幸せ者だな」

そう言いながら誠司は何度も何度も深雪にキスしてきた。唇を割って口内に舌を差し込み、舌を舐めて吸い上げ、そして同時に、抱いた深雪の身体に手を這わせる。

バスローブの胸元から手を忍び込ませ、下着を着けていない乳房を揉みしだく。柔らかく、ゆっくりと乳房に指を食い込ませ、揉み込む。

深雪は彼の愛撫に身を任せながら、甘い声で啼いた。

「は――んんっ……」

「ああ、早く深雪の中に入りたいな」

誠司は深雪に頬擦りしながら、いつの間にか硬くしこった乳首をくりくりと弄ぶ。

これから自分はどうされてしまうのだろう？　そう思うだけで、心臓が壊れそうなくらいドキドキする。

自宅の寝室なら、深雪を縛るための麻縄も、身体を弄ぶための玩具もある。でも今日はホテルだ。誠司は外で深雪を嬲るために道具を持ち歩くこともあるが、今日は結婚式で式場に預ける手荷物も多かったから、淫具の類はなにも持ってきていないはず——

「深雪。俺の上に跨がってごらん？」

「？」

今までされたことのない種類の命令にきょとんとして首を傾げる。誠司は自分の脚を前に伸ばすと、不敵な微笑みを浮かべて深雪の腰を撫でた。

「今日は、深雪を縛る縄も、手錠も持ってきていないからね。命令してあげる。ほら、おいで」

命令と言うには、あまりにも優しい声だ。

この人の本質は優しい。そして、深雪を誰よりも愛してくれている。それがわかっているから、深雪は安心して身を任せることができるのだ。

膝立ちになった深雪は、おずおずと誠司の腰を跨いで、彼と向かい合う形になった。

（こ、これでいいのかな？）

誠司の膝に座ることはよくあったが、跨ぐというのはなかったので、なんだか少し落ち着かない。失礼をしているような、そんな気分だ。とても体重を掛ける気にはなれなくて、深雪は膝立ちのままである。

誠司は柔らかく微笑み、じっくりと深雪を見つめてきた。

「バスローブの裾を捲ってごらん？」

「えっ……」

ドキッとして聞き返す。深雪は下着を着けていない。湯上がりの身体にバスローブを羽織っただけだ。つまり、バスローブの裾を捲れば……

（ぜ、全部見えちゃう……）

深雪が躊躇っているうちに、彼の目がすーっと細まった。

「おや？　深雪は俺の言うことが聞けないのかい？　普段の躾が足りなかったかな？」

そんなつもりはなくて、慌てて首を横に振る。誠司に逆らうつもりなんて毛頭ない。

深雪は左右の手でバスローブの裾を摘まみ、臍の辺りまで捲り上げた。下着も着けていない秘部が丸見えだ。誠司の腰を跨いでいるから脚が閉じられずに、余計に恥ずかしい。でも、誠司の熱い視線を感じてゾクゾクする。

「そう、ちゃんと俺の言う通りにできていい子だね。そのまま捲っていなさい」

「……は、はい……」

小さな声で返事をすると、誠司の指先が伸びてきて、深雪の脚の間をぬるっと撫でた。

「ああ、もうこんなに濡らして」

優しい嘲りに顔が真っ赤になる。けれども、バスローブの裾を下ろすことも、脚を閉じることもできなくて、ただ恥ずかしさに耐えるしかない。そんな深雪の蜜口に、誠司は指を二本沈めて、ちゃぷちゃぷと中を掻き回してきた。そして指を引き抜き、ぬめった愛液を纏うそれを見せつけてくる。

「見てごらん？　俺の指がぐちょぐちょ。深雪は本当にいやらしい身体だね。いつから濡らしていたのかな？」

誠司はわざと指同士を擦り合わせ、愛液に糸を引かせる。

いつから――なんて、答えられない。深雪は顔を真っ赤にして俯いた。

花嫁控え室で誠司にキスされたときから、深雪の身体は濡れていた。

純白のウエディングドレスの下はずっとびしょびしょで、バージンロードを誠司と歩くときには、処女を奪われたときを思い出して、ずっと子宮が疼いていたのだ。

「んんん？　答えないつもりかい？」

誠司は意地悪な笑みを浮かべながら、また深雪の中に指を戻した。

ぐじゅっといやらしい音がして、肉襞を擦られる。

「知ってるよ。控え室でキスしたときからびしょ濡れだったんだろう？　あのときの深雪は俺にセックスされてるときと同じ顔をしていたよ？　深雪。初めに教えたよね？　自分の気持ちはちゃんと素直に言いなさいって。俺に抱かれたくて、セックスしてもらいたくて、こんなに濡れたんだろう？」

もう一本、指が追加される。快感と言葉、そして三本の指で辱められて、背中にじわっと汗をかいた。バスローブを握る手に力が入る。

「は、はい……」

「じゃあ、言ってごらん？」

親指で蕾を優しく撫でつつ、促される。

深雪はずぽずぽと膣に指を出し挿れされながら、口を開いた。

「誠司さんに……抱かれたくて……セックスしてもらいたくて……こ、こんなに濡れてしまいました……」

「うん？　それで？」

誠司の眼差しがすーっと細まる。じっと見つめられて、深雪はぶるりと震えた。

誠司は深雪を縛る道具はないと言ったが、それは嘘だ。彼はその言葉で深雪を縛っている。今の深雪の姿がなによりの証拠だ。

誠司に弄《いじ》られるためにバスローブを捲り、恥ずかしいことを言わされている。

彼の言葉は、ときに道具よりも強く深雪を縛る。

「お、お願いします……誠司さん……んっ、わたしを、抱いてください……。はぁはぁ……わたしの中を、んんん、誠司さんで……いっぱいに……はぁう、んっ、い、いっぱいに、して、くださ、いっ……ああっ！」

濡れた蜜路を嬲られて喘ぎながら、必死に懇願する。愛してもらいたい。思いっきり、抱かれたい。

彼は深雪を満面の笑みで見上げながら、中に根元まで差し込んだ三本の指をぐるんぐるんと回転させつつ、突き上げるように出し挿れしてきた。

「いい子だね。上手におねだりできて偉いよ。それでこそ俺の深雪だ。大好きだよ。本当に可愛い。今日から深雪は俺の奥さんだ。ここにたっぷり挿れてあげようね」

「あ、ううう……んっ、嬉しい……誠司さん……ああん……ひぃぅううう……」

突き上げられた子宮が熱く疼く。誠司に褒められたことに身体が喜んでいるのだ。もっと、もっと褒めてもらいたい。もっとご褒美が欲しい……指じゃなくて、もっと太くて硬いものが欲しい。

深雪が涙目で見つめると、誠司は自分のバスローブの前をゆっくりとはだけた。隆々とした張りが臍の辺りまで反り返っている。パンパンに鰓《えら》を張り、血管を浮き上がらせていきり勃つ赤黒い塊。怖いくらいに雄々しいそれは、愛おしい男の身体の一部だ。

深雪を深く愛してくれるもの――

目が離せないでいると、誠司は漲りの根元に手を添えて、天井を向くように起こした。

「ほら深雪。深雪の大好きなものだよ。これが欲しいなら、自分で挿れてごらん？」

膣を弄《いじ》り回していた指を一気に引き抜いて、誠司が囁く。深雪はぽっかりとあいた膣をヒクヒクさせながら、瞳を揺らした。

「え……じ、自分で……？」

そんなことは、したことがない。深雪はずっとされる側だった。

深雪が知っているセックスは、誠司という最愛の愛虐者に可愛がってもらうセックスだ。

深雪の身体を縛り弄ぶことは、彼の愛情表現であり、神聖で特別な行為なのだ。

彼は愛しているからこそ、深雪を縛る。愛しすぎて離したくないから縛るのだ。

深雪の愛情表現は、そんな彼の欲望のままに自分の身体を縛らせてあげること。

彼の命令に従い、彼のすべてを受け入れる。

どんなに淫らで恥ずかしいことも……受け入れる。

自分から脚を開いておねだりすれば、愛と快感で気持ちよくしてもらえる。四つん這いになってお尻を振れば、雌犬のように後ろからめちゃくちゃに犯してもらえる。時には玩具で嬲られて終わることもあるが、我慢すればちゃんと報われることも深雪は知っているのだ。そう誠司が教えてくれた。

しかし、彼の上に跨がって自分から挿れることは教わっていない。

（でも、誠司さんがしなさいって……）

ならなくてはならない。今、自分は新しいことを教えてもらっているのだ。

深雪はバスローブの裾を広げるように持ったまま、恐る恐る腰を落とした。

張り詰めた鈴口が、愛液でぬめった蜜口に充てがわれ、ぬるぬると滑る。ぎこちない動きで腰を揺するが、濡れすぎていて滑るばかりだ。

「誠司さん……」

深雪が助けを求めると、彼は優しく笑って漲りの向きを少し変えてくれた。

肉の凹《くぼ》みに漲りの先がくぷっと嵌まったのがわかる。

「そのまま腰を落としてごらん」

「は、はい……」

言われた通りにすると、膣の中に漲りが、じゅぶじゅぶと埋没するように入ってくる。

そのときの熱さ。雁首が自分の中を擦る生々しい感覚が、深雪を女にする。

「アアッ！」

一際高い声を上げながら、誠司のすべてを呑み込む。蜜口がみちみちと広げられて、息が上がる。「はっ、はっ」と荒く息を吐く深雪を誠司が抱きしめてくれた。

「ああ……気持ちいい。深雪の中はあったかいね。言われた通りにちゃんとできて偉いよ」

自重が加わっているせいか、ただ挿れられているときと違う。奥に充たる。

深雪の背中をさすりながら、誠司が囁いた。

「覚えなさい。これが騎乗位だよ。俺の上に乗って、深雪が自分から腰を振るんだ。奥にある気持ちいい処をいっぱい突くんだよ。そのときにちゃんと脚を広げて、深雪の中に俺のが出たり入ったりしてるところを見せなさい。騎乗位はね、恥ずかしい姿を深雪が自分から俺に見せるセックスだよ」

「そ、そんな……」

自分から誠司のものを咥えるだけでもこんなに恥ずかしかったのに、更に彼の上で腰を振って、出し挿れしているところを見せるなんて……これからそんな淫らなことをさせられてしまうのかと思うと、羞恥心で身体がぶるりと震える。

でも、それが彼の命令――

「できない？　できないなら無理しなくていいよ。深雪が嫌がることはしたくないからね。深雪は俺の大切な大切な奥さんなんだから。こうやって自分から挿れただけでも偉いよ」

思いやるように優しく抱きしめてくれる誠司を、深雪は見つめた。

「誠司さん……き、きじょうい、を覚えたら……そしたらわたし、もっと……誠司さん好みの女に、なれますか……？」

誠司好みの女になりたい――それが深雪の中にずっとある深い想いだ。

彼が手放したくなくなる女になりたい。彼が愛さずにはいられない女に。

「もちろんだよ、深雪。でも無理しなくても、深雪はちゃんと俺好みの女に育ってるよ。俺は深雪が愛おしくて、愛おしくてたまらない。こんなに純粋でいい子が、俺のことを慕って愛してくれてるんだよ？　結婚までして、奥さんになって、一生側にいてくれるんだよ？　もうね、男としてたまらない。幸せだよ」

ゆっくりと唇にキスしてもらう。もう、幸せすぎて蕩けそうだ。

自分の想いはちゃんと彼に通じていて、彼が自分を愛おしいと思ってくれている。

幸せだと言ってくれることが、なにより嬉しい。

「ううん。無理なんてしてない。きじょうい、頑張って覚えます。だから教えてください」

愛するこの人に喜んでほしいから。

誠司は微笑みながら深雪の肩を更に抱き寄せると、繋がった処のすぐ上にある蕾をゆっくりと撫で回してきた。そして、そこを弄《いじ》りながら、耳元で囁いてくる。

「いい子だね、深雪。大好きだよ。もっともっと、いろんなことを教えてあげるね。いい子な深雪を、俺とのセックスを愉《たの》しめる身体にしてあげる。言っただろう？　深雪の身体を俺専用に作り変えるって」

「あ、ああ……はぁん……」

コリコリとした蕾を弄られるのが気持ちいい。それだけじゃない。誠司の低い声が、しっとりと子宮に響く。漲りを咥え込んだ膣がヒクヒクして、また濡れた。

「はい、お願いします。いっぱい教えてください。わたしは誠司さんのもの、だから……」

「そうだね。じゃあ、まずは脚を開いてみようか。膝を外向きに……そう、上手だね。ああ、抜いちゃ駄目だよ。腰を落としたまま。そう……バスローブは捲って。ちゃんと繋がっている処を見せなさい。いいね」

深雪は誠司の言葉に従って、バスローブを捲ったまま、中腰になって膝を外向きに開く。その間、彼は蕾をずっと親指で弄《いじ》ってくる。その刺激がたまらなくいい。

雄々しい漲りに貫かれた蜜口に、誠司の視線が向けられる。あまりの恥ずかしさに、深雪は真っ赤になって目を伏せた。

「駄目だよ、深雪。目を開けなさい」

優しい声で叱られて、震えながら目を開ける。すると誠司は「いい子だね」と言って蕾を撫でてきた。

「深雪、見てごらん。深雪の中に俺が入ってる。気持ちいいね？　いっぱい濡れてるよ」

誠司は蕾を弄っていた指で濡れた花弁を左右に開き、ヒクつく割れ目に赤黒い肉棒が深々と突き刺さっている処を見せつけてきた。

「あああ……」

じわじわと濡れて、愛液が外まであふれてくる。

隠そうと思えばできる。簡単だ。手に持っているバスローブで隠してしまえばいい。でも実際の深雪は、バスローブの裾をしっかりと左右に広げて、繋がっている処をあらわにしている。

跨がるように命令されて、生の肉棒を挿れさせられ、こんなに恥ずかしい格好をさせられても、この人と繋がれることに幸せを感じてしまう自分は、この人に心も身体も縛られている——

誠司の目がゆっくりと細まって、舐めるように深雪を見つめてきた。

「深雪。腰を上下に振ってごらん。深雪のペースでいいから、深雪が気持ちいいと思う処を俺ので突いて。深雪が動いてくれたら俺も気持ちいいからね」

「は、はい……」

言われた通りに、自分のペースで腰を動かす。

「んっ、んっ……あんっ……んんん……はう……、はぁああんっ」

腰を持ち上げて落とすを繰り返そうとするのだが、恥ずかしさと初めてのことで、動きがぎこちない。でも硬い肉棒が中で擦れて気持ちいい。その証拠に、深雪の身体からは、絶えずくちゅくちゅと音がしてしまう。しかも、乱れる深雪を誠司がじっと見つめてくる。まるで視姦されているみたいだ。恥ずかしいのに嬉しくて、もっと見てほしくなる矛盾。

（恥ずかしい……誠司さんに見られちゃってる……あんっ！　ここ、気持ちいい……気持ちいいけど、いつもみたいにいっぱい突いてほしい……いっぱい……いっぱいして……）

頑張って腰を上下に振るが、誠司に飼い慣らされ、被虐的なセックスだけを教え込まれた深雪の身体は、自分主体の動きでは満足できない。自分で動きながらも、誠司に犯されることを望んでしまう。

「んと……んっ、んっ……はぁはぁはぁはぁ……んっ」

「ふふ。下手だなぁ～」

誠司の嘲りにビクッと身を竦める。深雪がいくら動いても、きっと誠司は気持ちよくないんだろう。彼の表情は余裕だ。

「ご、ごめんなさい、誠司さん……上手にできなくて」

深雪が謝ると、誠司は顔を覗き込んでちゅっと額に口付けてきた。

「初めてなんだから、できなくて当たり前だよ。俺のために頑張ってくれたんだよね？ありがとう、深雪。下手でいいんだよ。深雪がね、大好きな俺のために、恥ずかしいのを我慢して一生懸命に腰を振って、気持ちよくなってしまっている姿を見るのがいいんだから……。ふふ、とっても可愛かったよ」

誠司が笑いながら抱きしめてくれる。

（誠司さんに可愛いって言ってもらえた！）

努力を褒められたのが嬉しくて、バスローブを捲ったまま、ふにゃふにゃになった顔を誠司の肩に埋める。

彼は「またしてね」と囁いて、大きな手でゆっくりと頭を撫でてくれた。その手が温かくて優しい。この人に喜んでもらえるならなんでもしたい。

どんなに恥ずかしい格好も、この人に見てもらえるなら……

「んっ。わたしも、きじょうい、またしたいです。上手になれるように練習します」

真っ直ぐに見つめて深雪が言うと、誠司の目が妖しく煌めいた。

「深雪は本当に可愛いね。あんまり可愛いから、このまま騎乗位でめちゃくちゃに犯してあげたくなったよ」

「えっ？」

今さっき誠司は、「深雪のリズムでいい」と言っていた。つまり騎乗位とは、恥ずかしい格好を誠司に見てもらいながらも、上になっている深雪が主体のセックス……そう理解していたのだが……？

深雪がきょとんとしている間に、誠司は深雪の両膝裏に腕を通し、両手でガシッとお尻を摑んできた。

「さぁ、深雪。本物の騎乗位を仕込んであげるよ」

誠司はニヤリと笑うと、摑んだ深雪のお尻を持ち上げ、強引に上下に動かしてきたのだ。

「あぁぁああっ!!」

誠司にしがみ付いた深雪は、裏返った声で悲鳴を上げた。

パンパンパンパンパン――力任せに上下左右に揺さぶられ、肉を打ち付けられる。深雪の身体は誠司の手によって完全に持ち上げられ、足が宙に浮いている状態だ。身体が自分の意思とは関係なく、奥を誠司の肉棒で貫かれ、掻き混ぜられる。逃げようにも逃げられない。

深雪にできるのは、振り落とされないように誠司にしがみ付くことだけだ。

濁流のような熱が深雪の身体を貫いて、汗を噴き出させる。

引き攣れんばかりに広げられている蜜口は、肉棒を無理矢理出し挿れされているというのに、涎を垂らして嬉しそうにしゃぶってしまう。しかも下ろされるときに、誠司が下から突き上げてくるのだ。自重で落ちる勢いと、下からの突き上げで、普通のセックスよりも誠司が深く中に入ってくる。気持ちよすぎて涙が出てきた。

「はぁあああんっ！　んっ！　あああ……おく、ぉくぅ……あああ！　おく、だめぇ！」

「ふふ。駄目じゃないよ。深雪の身体は悦んでる。繋がってるから俺にはわかるよ。すごく締まる。これが騎乗位でのセックスだよ。深雪、命令だよ。俺のを全部咥えて、奥を犯される感覚をしっかり身体で覚えなさい。そして深雪が本当にしてほしいことを素直におねだりしなさい。やめてほしいなら、やめてあげるから」

深雪の中をずこずこと突き上げながら、誠司が囁いてくる。それは、命令と言うにはあまりに優しい声だ。「やめて」と言ったら本当にやめてもらえるだろう。でもそんなことを深雪は望んでいない。深雪の望みは――

「もっと……もっとぉ……誠司さん……もっと、おくを……いっぱい突いてください……」

「ああ、可愛いね。上手におねだりができたご褒美に、いっぱい奥を突いてあげようね」

誠司が腰を押し付け、深雪の望んだ通りに、漲りの先で奥を突き上げてくる。深雪の身体を知り尽くした彼は、的確にそして強弱を付けながら、同じ処を突いてくるのだ。

「ああ……ううう……はぁはぁはぁはぁ……あああぁ……」

「ああ、すごく締まる。深雪の中、本当に気持ちいい。襞が吸いついてくる。どうしたんだい？ 今日は格別の締まりだね。深雪は騎乗位が大好きなのかな？」

耳元で何度も何度も繰り返し「気持ちいい」と囁かれる。

濡れて痙攣し続ける膣で太い肉棒を無理矢理扱かされながら、深雪は随喜《ずいき》の涙を流した。

大好きな誠司がこの身体で気持ちよくなっているという事実に、興奮して感じてしまう。

「わたしもきもちぃ……きもちいい……すごい、すごい、いっちゃう……もう、もう……！ はぁああんっ！ ――ああああぁ！」

深雪が髪を振り乱して絶頂を迎えようとしたそのとき、誠司がピタッと動きをとめた。

今、すごくいきそうだったのに。気持ちよかったのに。どうして？

「え？ やだ！ いやです、やめないで……やめないでください。お願いです！」

もっと抱かれたい。この人に抱かれたくて仕方ない。身体に鮮明に焼き付く快感が、深

雪を淫らな女にする。

泣き縋る深雪の背中を優しく上下に撫でながら、誠司はにこっと微笑んだ。

「駄目だよ、深雪。誰がいっていいなんて言った？　いくのは我慢しなさい」

「そ、そんな……ひどい……」

こんなに気持ちよくさせておきながらお預けだなんて。

頬を伝う深雪の涙をれろりと舐め取って、誠司は深雪のバスローブの胸元をはだけた。

「あれ？　酷い俺は嫌いかい？」

繋がったまま乳房に頬擦りされて、深雪は観念したように弱々しく首を横に振った。

この人を嫌いになんかなれない。どんなに酷いことをされても嫌いになんかなれっこない。もう、誰よりも深く愛してしまっている。自分にだけサディスティックな素顔を見せてくれるこの人に、虐めてもらえることは特別な証。

誠司は、甘えるように深雪の乳首をちゅぱちゅぱとしゃぶりながら独り言ちた。

「ごめんね、深雪。こんなに虐めて。気持ちよくて辛いよね？　でもね、もっとしたい。もっともっと深雪を虐めたい。それもこれも、深雪が可愛すぎるのがいけないんだよ。控え室でドレス姿の深雪を見たときから、俺はずっと我慢していたんだ。『今日で深雪は正真正銘、俺の女《もの》になったんだなぁ』って思ったら感慨深くてね。あのまま深雪を抱きたかった。壁に手を突かせてさ、ドレス捲って後ろから挿れて、真っ白な深雪をぐちゃぐちゃに汚してやりたかった。中に出して、そのままバージンロードを歩かせたかった――」

「そ、そんな……」

控え室で、彼の視線が熱かった理由《わけ》を聞かされて、動揺しているはずなのに身体の奥がゾクゾクした。彼の言葉をきっかけに勝手に想像している自分がいる。

（あのとき、もしも、本当に……誠司さんがセックスを求めてきていたら、わたし――）

――きっと拒絶なんかできない。

困惑して口では駄目と言いながらも、彼の命令通りに壁に手を突き、びしょびしょに濡れた身体を差し出す自分が容易に想像できるのだ。

純白のドレス姿で、彼に雌犬のように後ろから犯され……中に注がれて……

本当の意味で、彼の色に染めてもらうために。

「ふふ。ちゃんと我慢してあげただろう？　あんな壁の薄いところじゃ、深雪の可愛い声が響いてしまう。深雪は誰よりも大切な女《ひと》だし、愛してるから。深雪の感じてる声を誰にも聞かせたくないし、誰にも見せたくないから我慢したんだよ。代わりにね、キスしながらずっと頭の中で深雪のこと抱いてた。ぐちゃぐちゃにしてた」

綺麗に微笑みながら、彼は深雪の肌の匂いを思いっきり吸い込んで、柔らかな乳房に顔を埋めた。

誠司は確かにサディスティックな人だが、深雪を人前で嬲り者にして辱めたいわけではないのだ。彼の行為はすべて、深雪を愛おしく思うが故《ゆえ》。深雪を独占するための愛虐――

「深雪。約束通り、これから避妊はしないからね。全部、深雪の中に出すよ」

乳首をしゃぶっていた唇を耳に寄せて、誠司が囁く。

「――いいよね？」

優しいのに、有無を言わさぬ強い声に、貫かれたままの蜜路がぶるりと震えた。

（あ……中に……）

結婚式も終わった。引っ越しもした。自分はこの人と家族になったのだ。

彼が夫で、自分が妻。家族が欲しい望みも、男としての性的な欲求も、縛りたいという歪な愛情も、全部深雪が受けとめてあげなくては、彼の心と身体は満たされない。

そして、深雪の心と身体を満たしてくれるのも、彼だけ。

自分たちが愛し合うことを、誰も咎めることなんてできないのだ。

「はい……」

深雪がうっとりとした眼差しで頷くと、誠司は心底満足そうに微笑んで強く抱きしめてくれた。

「今夜は特別な日だから、一緒にいきたいな。二人でたくさん気持ちよくなろう？　だから深雪、俺がいくまで我慢するんだよ。いいね？　中に出されたのがわかったらいきなさい。見ててあげる」

優しい命令に、深雪はまた頷いた。

「いい子だ」

誠司がゆっくりと深雪の身体を上下に揺さぶり、深雪の中に己の肉棒を抜き差しする。その動きは次第に速くなり、ベッドをギシギシと軋ませた。

強く擦れて生まれる快感の熱が、深雪を呑み込もうとする。

誠司の言葉に縛られた深雪は、健気にも唇を噛みしめてぶるぶると震えた。

「あ……ひぁっ、ふーっ、ふーっ、あん、あんっ、あ、あ、あっ、ああっ……」

「濡れすぎだよ深雪。こんなにびしょ濡れだと、奥までずぼずぼ入る。俺の奥さんは淫乱だな――あ、締まった。この子はもう、本当にいやらしい。普段はおとなしいのにね？」

感じやすい身体を誠司に嗤われる。

恥ずかしい。恥ずかしいのに、誠司の手で乱暴に揺さぶられている被虐感がたまらない。頭の先からつま先までざわざわする。全身から汗が噴き出した。

深雪のあそこは誠司の硬くて太い漲りで、隙間なく埋められている。

糸を引くほどとろとろに潤むそこを、大きなストロークでずりゅっずりゅっと強く擦られてしまうのだ。しかも、もうこれ以上入らないくらい深い処まで挿れられて、下から荒々しく突き上げられる。

誠司の雄々しい漲りは、「俺を全部受け入れろ」と深雪の身体の奥をこじ開けようとするのだ。これが本物の騎乗位――騎乗位が上に乗った女が主体のセックスだなんて大間違いだ。だって深雪は、誠司に翻弄《ほんろう》されている。揺さぶられて、犯されている。

子宮口を集中的に突かれて、あまりの快感に深雪は悲鳴を上げた。

「ぁっ！　誠司さん、そこだめぇ！」

「ふっ、駄目？　感じてるくせに。そこは『突いてください、お願いします』だろう？」

「ついて、くださ……ぉ、おねが、します……あん、きもちぃ……、ひう、いくう……」

奥でしっかり快感を得られるように躾られた深雪の身体は、突き上げられるたびにぶるぶると震えた。正常位やバックからのセックスでも奥を突かれると気持ちいいけれど、騎乗位のときは自重も加わってより激しい。

「気持ちよくなるのはいいけど、いくのは駄目だからね。我慢しなさい」

どんなに音を上げても、誠司は抽送をやめてくれない。愛する男に支配される快感に、今にも意識がどこかに飛んでしまいそうになる。腰を揺さぶられるたびに、下から突き上げられるたびに、脳髄《のうずい》を快感の電撃が容赦なく走るのだ。

「そこ、きもちぃ、ああっ、あ、そこ、だめ！　だめだめだめ！　ああっ、ひゃぁあん！」

深雪は媚肉を激しく痙攣させて、目尻に涙を浮かべた。

（ああ……い、いっちゃった……。いっちゃだめ、なのに……誠司さんと、一緒に……一緒にいきたかったのに……わたし……）

気持ちよすぎて我慢できなかった。きっと誠司も深雪がいったことに気付いている。なんてはしたない身体なんだろう。まだ気持ちいい。

「こら。なんて悪い子なんだ、勝手にいくなんて。そんな命令はしていないよ？」

「ごめんなさい、ごめんなさい誠司さん、ゆるしてください、ごめんなさい、ああっ！」

硬くて太い物であそこをずぼずぼと突かれながら叱られて、深雪は泣いて謝った。達した膣がビクビクと絶え間なく痙攣する。そして、痙攣するその膣の締まりを堪能するように、誠司がねっとりとした腰使いで「悪い子だ」と罵りながら、深雪を快感で責め立てるのだ。まるで、深雪の忠誠心を試すような抽送。

言いつけを守れなかった罪悪感で胸はいっぱいなのに、膣はダラダラと愛液を滴らせて、挿れられた誠司の漲りをしゃぶってしまう。その膣のうねりといったら……

「ごめんなさい、きもちよくて……ほんとにきもちよくて、がまん、できなくて、ゆ、ゆるして、ゆるしてくださいい……ふぇ……はぁはぁ、はぁあん……ああっ、そ、そんなにつかないで、また、またきちゃう！　きちゃうから！　だめ、あはぁああんっ——」

また我慢できなかった。

再び絶頂を迎えた深雪は、恥ずかしさのあまりに両手で顔を覆った。

「あああ……ごめ、ごめんなさぃ、ひっく、ううう、ごめん、なさぃ……ひっく、う……」

「おやおや、感じすぎて泣いてしまったの？　よしよし……」

誠司はぶるぶると震える深雪の身体を抱き上げると、繋がったまま仰向けに押し倒してきた。深雪がベッドの真ん中に沈むのと同時に、シーツに撒き散らされていた薔薇の花びらが一瞬だけ浮かんで落ちる。

角度が変わりお腹の裏側を強く擦られて、気持ちよすぎて息がとまるかと思った。

「一人でいってしまうなんて、深雪は本当に悪い子だね。今日は結婚した特別な日なんだよ？　一緒にいきたかったから我慢しなさいと言ったのに、二回も勝手にいって。これじゃあ、二回分のお仕置きが必要だね」

優しく頬を撫で回しつつ、顔を覆う深雪の手を退ける。

彼は抉るように腰を使いながら、深雪の涙を舐め取った。

「ごめんなさい、誠司さん。我慢できなくて、許してください……ごめんなさい……」

脚をM字に開き、服従の姿勢を取りつつ許しを求めて懇願する。そんな深雪の身体を犯す誠司は満面の笑みだ。

「そっか。我慢できないくらい、俺に抱かれるのが気持ちよかったんだね。ああ――俺の言うことが聞けない悪い子にはお仕置きが必要なのに、困ったねぇ。深雪があんまり可愛いから許してあげたくなってしまうよ。だって、深雪がこんなにいやらしい身体になったのは、俺のせいだもんね？　純粋だった深雪の身体を、俺が作り変えたんだから」

耳の近くで囁かれてドキドキする。彼は涙する深雪の乳房を揉みしだくと、尖った乳首をくりくりと弄《いじ》り回しながら、顔を覗き込んできた。

「可愛い深雪、愛してるよ——たくさん中に出してあげる。一緒に気持ちよくなろうね。勝手にいったお仕置きは、またあとで……ね？」

見つめ合ったまま唇が奪われて、口内に舌を差し込まれる。舌の根元から先までを舐め上げ、誠司は深雪の口内にとろとろとした唾液を流し込んできた。

飲めと、視線で命令されて、喜んで喉を鳴らす。誠司のくれるものならなんでも欲しかった。唇を合わせたまま乳房を揉みくちゃにされるのが気持ちよくて、うっかり喘いでしまい、飲み損ねた唾液が口の端からたらっと垂れた。

「んっ」

ちゅっ——と微かな音と共に唇が離れる。誠司は濡れた深雪の唇を指先で拭って、髪に手を差し込んで固く抱きしめてくれた。

抱き潰されているのに、誠司の重みが心地いい。中途半端にはだけたバスローブと、彼の身体で拘束されているみたいだ。ずっぽずっぽと抜き差しされて、腰がひとりでに動いてしまう。どうしようもない身体。

今この瞬間も、誠司に身体を作り変えられていく——彼の妻として。

快感に震える深雪の中を堪能しながら、誠司が甘い声で囁いてきた。

「深雪、好きだよ……世界で一番君が好き……愛してるよ」

（誠司さん……わたしも……）

胸が熱くときめいて、言葉の代わりに涙が出てくる。頬は紅潮し、息も荒い。目はとろんと蕩けて、愛する彼に愛される女の歓びに酔いしれる。

（……大好き……）

お互いに見つめ合ったまま、また唇を重ねた。

その美しい口付けの下では濡れた身体を生々しく繋げ、男と女の行為を続ける。

誠司は一瞬だけ低く呻くと、深雪の身体を更に抱きしめ、抽送を加速させた。そして、深雪の一番奥に鈴口をぐいと押し付けて吐精する。

「ああ——……」

深雪の中で、誠司のものが何度も何度も跳ね回っている。そのたびに中で出されている。

（あ……出てる……中で、わたし、中で出されてる……すごい……いっぱい出てる）

注がれる熱い射液を感じて、深雪はもう何度目かわからない絶頂を極めた。

「はぁはぁ……はぁはぁ……ああ……深雪……深雪……愛してる」

誠司は深雪の口内をたっぷりと舐め回してから唇を離すと、今度は乳首に吸いついてきた。彼は痙攣する深雪の身体にむしゃぶりつきながら、ゆるゆると腰を打ち付けて、出した射液を媚肉に練り込むように擦りつけてくる。彼が動くたびに、愛液と射液がまざり合った濃厚な艶汁が、繋がったところからダラダラと垂れてきた。

「……深雪の中、俺のでいっぱいになったね……」

独り言ちる誠司はまだ深雪の中にいる。身体中が熱くて、怠くて、気持ちいい。

誠司は、残滓に塗れた深雪の身体を丁寧に丁寧に触って、甘えるように乳房に頬擦りしてきた。ぷっくりと膨らんだ乳首を舐めて吸って嚙ってと遊び物にしながら腰を打ち付け、深雪から離れない。まだ、硬い……

（ああ……気持ちいい……）

頭がふわふわして、視界が朧気だ。指一本動かせない。心臓だけが激しく鳴っている。

「深雪の中が気持ちよすぎて収まらないな。このまま続けて二回目ができそうだよ」

誠司は深雪の頬にちゅっと唇を当てて、支配者の笑みを浮かべた。

「深雪、もっと愛してもいいよね？　深雪は俺の女《もの》なんだから。俺がどれだけ深雪を愛してるか教えてあげる」

抗《あらが》うことはできないし、抗う気もない。深雪のすべてはこの人のものなのだ。

彼の愛の深さを教えてもらえるのなら、それは歓び。

「はい……教えてください……」

深雪が蕩けた顔で微笑むと、誠司が唇にキスしてくれる。

この日深雪は、薔薇の花びらが散ったベッドで、何度も何度も身体の中に誠司に愛を注がれた。

第九章　見ないでください

「ん……」

　ベッドサイドで鳴るスマートフォンのアラームに起こされて、ぼんやりと目を開ける。起きる時間だ。それはわかっているのだけれど、まだ頭が働いていない。

　温かくて、とても安心する匂いに包まれているせいか、はたまた身体に残る幸せな倦怠感のせいか、ゆっくりと瞼が降りてくる。

　すると、こめかみから差し込まれた指が、後頭部まで滑らかにすーっと流れた。優しくて、大きな手に何度か髪を梳かれてホッと息をつく。

（気持ちいい……これ、好き……）

「いいよ、まだ眠っていても。今日は休みなんだから」

　大好きな声が鼓膜を揺らす。高くなくて、かと言って低すぎることもない。優しくて、穏やかな声。深雪の大好きな人の声。

髪を梳きながらの囁きは、深雪を眠りへと誘う。いつもなら甘えていたかもしれない。誠司は深雪のお寝坊を「昨日は激しかったかな?」なんて笑っていつも許してくれる。

実際、深雪がなかなか起きられないのは、誠司の愛が激しすぎた翌日だ。昨日も誠司は激しかった。

でも今日は、お寝坊しちゃいけないと、深雪は自分の意思で目を開けた。

「おはようございます」

「おはよう」

誠司が慈愛に満ちた眼差しをくれる。深雪はふにゃっと頰を緩めた。

「誠司さん、お誕生日おめでとうございます」

深雪がそう言った瞬間、頭を撫でていた誠司の手がとまり、小さく目を見開いた。

十二月二十六日。今日は誠司の三十六回目の誕生日だ。

深雪が彼の誕生日を知ったのは、バレンタインデーである自分の誕生日を祝ってもらったあとだった。彼は職場で自分のプライベートを話さなかったから、付き合う前の深雪が知ることは叶わなかったのだ。

去年のクリスマスは出張で、初めて彼とホテルで二人っきりになった。

ハプニング的な一夜ではあったけれど、彼の誠実さを知り、自分の中にある彼への想いを自覚したのもこの日だ。その翌日が彼の誕生日だったとは。知らなかったとはいえ、なんだか惜しい気持ちになってしまう。

(誠司さんのお誕生日、今年こそは素敵にお祝いしたいな)

そう思って言った言葉だったのだけれど——

彼は二秒ほど静止して少しだけ顔を歪めると、ゆっくりと目を閉じて息を吐く。そしてそのまま、深雪の身体をぎゅっと抱き寄せてきた。

「……………………ありがとう」

噛みしめるような、押し殺すような声だった。

彼がどんな表情をしているのかわからずに、顔を上げようとしたのだが、頭を胸に押し付けるように固く囲われる。

(あ……)

彼は今の自分の顔を見られたくないのだとすぐに悟った深雪は、自《みず》ら目を閉じた。

「あのね、お誕生日プレゼントがあるんです。あと、ケーキも予約してて……」

少しでもサプライズを演出したくて、ケーキはネット予約した。近所の商店街にあるケーキ屋がネット予約を受け付けていたのが幸いした形だ。

「参ったな……。昨日、クリスマスプレゼントもくれたのに、誕生日プレゼントまでくれるの?」

(クリスマスとお誕生日が一日違いだし、今までお祝いする習慣がなかったのかな?)

そうなのかもしれない。深雪の誕生日はバレンタインデーだから、学生時代は誕生日プレゼント兼友チョコをやたらと貰った覚えがある。嬉しいのだが、なんとも微妙な気持ちになるのが、イベントと誕生日が被った者の定めだ。でも当事者としては、一緒くたにしないで分けて祝ってほしい。そんな思いがある。

「だって誠司さんのお誕生日だから。クリスマスとは別です」

そう言って深雪は笑った。

昨日のクリスマスは、誠司が予約しておいてくれた雰囲気のいいレストランで、会社帰りに食事をした。低温熟成ローストビーフが絶品だと人気のお店で、とても美味しかった。そして、プレゼントにお揃いのキーケースを貰った。

深雪から誠司には、革製の手袋。彼のコートと色を揃えたシックな物だ。サイズもあるし一緒に買いに行った物だけど、誠司は嬉しそうに受け取ってくれた。

結婚して一ヶ月。初めてのクリスマスは、まだまだ恋人気分だ。

夜も、誠司がたっぷりと愛してくれた。あふれるほど注いでもらった物が、まだ自分の身体の中に残っているかもしれないと思うと、すごく満たされた気分になる。

「去年は、誠司さんのお誕生日を知らなくてお祝いできなかったから、今年こそ! って思ってて! 誠司さんのこと、大好きだから……毎年お祝いしましょうね!」

抱き込まれたまま深雪がはにかんで言うと、誠司の腕が少しだけ緩んだ。

「……そっか……」

誠司は少しだけ言葉を詰まらせると、深雪の額にそっと唇を押し当ててきた。

「自分の生まれた日なんて、正直ろくな思い出がないんだけど。今年から違うのか……」

ぼそぼそとしたものすごく小さな声で、誠司が独り言ちる。

聞き取れなかった深雪が目を閉じたまま顔を上げると、そのまま唇が重なってきた。

唇が少しだけ離れて、角度を変えてまた重なる。しっとりと吸いつくようなキスは、激しさはないのにゾクゾクする。

ちろっ……と唇を軽く舐められて、口を開けるよう合図される。ドキドキしながらその合図に従うと、ぬめりを纏った誠司の舌が、深雪の口内に入ってきた。

「んっ……」

熱い舌に丁寧に中を探られる。口蓋をなぞられて力が抜ける。

(……気持ちいい……)

寝室の中央に置いたクィーンサイズのベッドで抱き合いながら、スローなキスに興じる。

誠司は深雪の背中に這わせた手を何度か上下させると、ウエストからゆっくりとパジャマのズボンの中に手を入れてきた。ショーツ越しにお尻を撫で回されてちょっぴり恥ずかしい。

「は……ぁん……っ……」

深雪が小さく声を漏らすと、口の中にとろっとした唾液が流し込まれてきた。それを喜んで飲み下す。ただのキスに、支配関係が生まれる瞬間だ。

誠司のキスは深雪を女にする。

誠司はキスをしたまま、深雪のお尻の丸みに沿って指を滑らせ、クロッチをつーっと撫でてきた。淫溝の形にクロッチが湿って、身体が濡れていることを思い知らされる。

（……は、恥ずかしい……）

深雪は誠司のキスを受けたまま、ぽっと頬を染めた。

キスだけで濡れてしまう。これは、彼に抱かれることを身体が期待している証拠だ。それから、昨夜、彼に注いでもらった残滓もあるかもしれない。

結婚して、誠司は本当に避妊しなくなった。全部、深雪の中に出してくれる。

深雪はそれが嬉しくてしょうがない。いつか、彼の赤ちゃんが自分のお腹に来てくれるかもしれないから。

誠司は指先で何度かクロッチを擦ると、横から指を侵入させてきた。直接花弁を撫でられて、心臓がドキドキする。彼は花弁を左右に開いて潤う蜜口の周囲を丁寧に撫でてきた。

（今から、えっちしてもらえるのかな？　朝だけど、誠司さんがしたいなら……わたし）

夫に従う貞淑な妻を装いながらも、身体はどんどん濡れていく。

抱かれたい。この人に愛されたい。彼の指先が蜜口の中に入りそうになって、中をぐちゃぐちゃに掻き混ぜてもらえることを期待した身体がピクッと反応する――と、誠司はシヨーツからすーっと手を引き抜いて、唇も離した。

「そろそろ起きようか」

「えっ」

てっきり今からしてもらえると思っていただけに、拍子抜けした声が出てしまう。期待して、ドキドキして、こんなに熱く身体を濡らしてしまったというのに。

誠司は深雪を抱きしめたまま、コツンと額を重ねてきた。

「なに？　深雪はセックスがしたかったの？　俺の奥さんはやらしいなぁ」

「〰〰〰っ！」

深雪の心を見透かしたような眼差しは、意地悪そのもの。答えられない深雪がますます頬を赤らめて俯くと、誠司はクスッと笑って顔を覗き込んできた。

「誕生日プレゼント、なにをくれるの？」

「……ワイン、です」

お酒が好きな誠司に、晩ご飯にぴったりなテーブルワインを買っている。ラッピングもしてもらったし、小さな手作りカードも用意した。きっと喜んでもらえるはず……

だが、誠司はわざとらしく眉を上げるのだ。

「ワインだけ？　深雪をプレゼントしてもらえると思ったんだけど？　違うのかな？」

バレンタインデーにブランドチョコを手渡したときに、誠司に言われたことを思い出す。

『本命ならさ、深雪をくれよ……』

彼は言わせたいのだ。深雪に自分から身体を差し出すひと言を――

（言えば……今すぐ抱いてもらえる？）

期待に胸がときめく。少し視線を上げると、誠司の瞳が挑発気味に細まった。

その整った顔立ちも、優しいトーンの声も、穏やかな物腰も、余所行きの仮面でしかない。その仮面の下にあるのは、深雪を支配する愛虐者の素顔だ。

あの硝子玉のような黒くて綺麗な目が、深雪を閉じ込めて離さない。

彼の視線を受けて、はしたない身体が疼く。

結婚して、ますます彼に恋している気がする。新しい愛液が滲むのを自覚しながら、深雪は心酔しきった眼差しで誠司を見つめた。

「わたしが誠司さんのお誕生日のプレゼントです。誠司さんの好きに抱いてください……」

「へぇ？　本当に好きにしていいのかい？」

あれから騎乗位はさせてもらえていないけれど、誠司が望むなら、どんな恥ずかしい姿を見られても、いやらしいことをさせられても構わない。彼が喜んでくれるのなら、なんでもしたい。だって深雪は、心も身体も誠司のものなのだから。

「はい……」

深雪の言葉に満足そうに微笑んだ誠司が、瞼にそっと唇を当ててくる。瞼だけではない。頬に、耳に、そして唇に。順番に落ちてくるキスは本当に気持ちがいい。

彼が自分を大切にしてくれているのがわかるのだ。

「ふふ。嬉しいね。最高のプレゼントだ。たっぷりと深雪の身体を愉しませてもらうよ。――あとでゆっくりとね」

彼は、キスと愛撫で火をつけた女の身体を、このまま放置しようというのか。

あとで――っていつ？　昼なのか、夕方なのか、それとも夜なのか。いつまで待てばいいのかわからない。

（そ、そんな……）

悶々としている間に、含み笑いを浮かべた誠司が深雪から手を離した。そのまま上体を起こした彼が、気怠げに前髪を掻き上げる。さらりと流れ落ちてきた髪が、彼の目に軽くかかった。その仕草がやけに艶っぽい。

余裕綽々《よゆうしやくしやく》な誠司の眼差しに見下ろされながら、深雪は布団の中でもじもじと太腿をすり合わせた。

本当は今すぐ抱いてほしいくせに、疼く身体を持て余しながらも必死に耐える。サディスティックな彼は、中途半端な愛撫で弄ばれ、放置されて身悶える深雪を見て楽しんでいるのだろう。深雪をこんな身体にしたのは誠司なのに。

酷いと思いながらも、言えない。今日の深雪は誠司へのプレゼントなのだ。受け取ったプレゼントをいつ開けるかは、誠司の自由。

誠司はベッドサイドに置いたカウンターの上から眼鏡を取ってかけると、ベッドから降りた。そして、数歩横に歩いた先にあるカーテンを開ける。

「あ。雪」

出窓から射し込む眩い冬の朝日を浴びて、誠司の輪郭が淡く白む。深雪は思わず彼の側に駆け寄った。

「わぁ〜本当！　真っ白！」

結露対策のされたトリプルガラスの樹脂窓から見えるマンションの駐車場は一面真っ白で、駐まっている車はことごとく雪の帽子を薄く頭に載せている。もう雪はやんでいて、綺麗な青空が広がっていた。しかし、その景色を見る誠司の横顔に表情はない。それは今まで何度か見たことのある、どこかに感情を置き去りにしてきたかのような表情だった。

（誠司さん……）

この人は今、なにを思っているのだろう？　こんな表情をする誠司を見ているとたまらなくなってくる。

深雪は彼の腰にそっと抱きついた。

「綺麗ですね！」

意識して明るい声で呼び掛けると、誠司の顔に表情が戻ってくる。彼は深雪の肩に手を回してくれた。

「そうだね。いい誕生日になりそうだ」

微笑んだ彼が額にそっとキスしてくれたから、深雪はホッと胸を撫で下ろした。


一緒に食事を作って、一緒に食べて、一緒に寛ぐ。

今日は誠司の誕生日だから、彼にはゆっくりしてもらおうと深雪は思っていたのだけど、誠司は「深雪の側にいたいんだ」と言って、いつもと同じように家事を手伝ってくれた。

手を伸ばせば互いに触れ合える距離は、いつ抱いてもらえるのだろうと深雪をドキドキさせる。それがわかっているのか、誠司は挑発するように、深雪に度々キスをしてきた。

晩ご飯のサラダ用のゆで卵を剝きながら、コーヒーを淹れながら、洗濯物を畳みながら――舌を絡める濃厚なキスをされる。

本当に意地悪な人だ。こんなキスをされたら、深雪がぐっしょりと濡れてしまうことなんて、誠司ならわかっているはずなのに。

お預け状態でキスをされると、「いつでも俺が挿れられるように、濡らしておきなさい」と言われているような気分になってしまう。口には出さなくても、彼の目がそう言っている気がするのだ。深雪を支配するあの目が。

いつでも誠司を受け入れられる状態なのに、結局はなにもないまま十六時を回る。

徒歩五分の商店街にある個人経営のケーキ屋さんに注文してある誠司のバースデーケーキを取りに行く時間だ。

外に出ると、途端に吐く息が真っ白になる。雪がやんでしばらく経つこともあって、べちゃべちゃしていて足元が悪い。

マンションを出てすぐのところにある郵便ポストの上に、まだ誰も触っていない雪が残っているのが目に入る。誠司はその雪に、手袋をしていない指でつーっと一本線を描いた。

「冷たい」

そう言って誠司が楽しそうに笑う。童心に返っているのか、そんな彼の姿は新鮮だ。

深雪も真似をして、ポストの雪にハートを描いた。

「もっと積もったら雪だるまができるのに」

「そうだね。雪遊び、楽しいよねぇ。ワクワクする。寒いけど」

誠司は右手に、昨日深雪がクリスマスプレゼントに贈った手袋を着けた。そしてその片割れを、深雪に差し出してくる。

「はい。寒いから半分ずつ」

言われた通りに左手に手袋を着ける。誠司サイズだから少し大きい。すると、なにも着けていないほうの手がぎゅっと握られて、誠司のコートのポケットに攫われた。

「ほら、あったかい」

「うんっ！」

傍から見るとバカップルみたいだろうけれど、新婚なのだから許してほしい。

十二月下旬の空気は寒いはずなのに、顔だけが火照って熱い。

深雪は誠司にぴったりと寄り添って商店街を歩いた。

目的地のケーキ屋は、昨日のクリスマスが繁忙期。客足もひと段落ついていて、品数も少ない。予約分とクリスマスケーキの残りを売っている感じだ。

「こんにちは。バースデーケーキの予約をしていた……あの、く、鞍馬です！」

ケーキ屋の女性店員に予約票を出しながら名前を言う。彼の姓を自分が名乗ることにまだ慣れない。ぎこちない深雪を、誠司が目を細めて見守ってくれている。

「鞍馬様ですね。こちらのバースデーケーキでお間違いないでしょうか？」

「はい！」

店員が見せてくれたのは、濃厚なガトーショコラのケーキ。雪のようなホワイトシュガーが振りかけられていて、いちごとブルーベリー、それからミントがお洒落に飾ってある。プレゼントに用意したワインともきっと合うはずだ。「Ｈａｐｐｙ Ｂｉｒｔｈｄａｙ」と書いたホワイトチョコレートのプレート付きである。

(思ったより大きいかも)

この店で一番小さな四号サイズを注文したのだけど、写真で見たときよりも大きく感じる。

四号のホールサイズは、二人から四人用らしいからちょっと頑張って食べなくてはいけないかもしれない。

(でもこういうのは、ケーキがあるってことが重要なんだから！)

去年、深雪の誕生日を誠司が祝ってくれたときも、ケーキを用意してくれていた。あのとき、深雪はすごく嬉しかったのだ。だから同じように誠司にもしてあげたい。彼の生まれた大切な日を一緒に祝いたい。

「美味しそうだね」

誠司が横から顔を覗かせる。どうやら気に入ってくれたらしい。

「きっとワインにも合うと思って！」

「いいね」

深雪と誠司が話していると、ケーキを箱詰めしてくれていた店員が振り返った。

「お客様、ろうそくの数いかがしましょう?」

誠司は今年で三十六歳だ。大きいろうそくを三本、小さいろうそくを六本が無難なのだろうが、それだとせっかくのケーキが穴だらけになってしまうかもしれない。

「いや、ろうそくはいいよ。さすがに。いい歳だし」

そう言って誠司は苦笑いしたが、深雪は受け付けない。大真面目である。

「駄目です！　何歳でもろうそくがないと！」

「そう？」

「そうです！」

(だって願いごとしなきゃ！　わたしの去年の願いごと叶ったんだもん！)

珍しく深雪が強く言うものだから、誠司は笑いながら譲ってくれた。

「そうだ、あの数字のろうそくをください。3と6を」

カウンターの端にディスプレイされていた数字の形をしたろうそくを一緒に入れてもらう。これなら二本だから、ケーキが穴だらけになることはないだろう。

支払いを終えて、箱詰めされたケーキを受け取った深雪は大満足だ。これで誠司の誕生日を祝う用意ができた。

(晩ご飯の下拵《したごしら》えはもう終わってるし、ケーキも買ったし！　プレゼントも準備できてる！　うん、完璧っ！)

あとは家に帰るだけ。二人っきりの誕生日パーティーだ。

「ケーキ、持とうか？」

誠司が紳士的な所作で手を差し伸べてくれる。いつもは甘えて、誠司に買い物袋なんかを持ってもらう深雪だけれど、誠司の誕生日ケーキを誠司に持たせるのはなんか違う気がして、「これはわたしが持ちますね」と笑った。

来たときと同じように手を繋いで帰る。

昨日まであったクリスマスのイルミネーションが半分ほど片付けられていて、代わりにお正月の飾りがちらほら並べられていた。きっと今日がディスプレイの変わり目なのだろう。

歩きながら誠司は「昨日、言うのを忘れていたんだけど」と前置きした。

「今年の忘年会の幹事は中川がやるんだって。どうやら忘年会兼、俺たちの結婚披露宴二次会ってことらしい。『お二人は主役なんだから、絶対出席ですよ!』って、昨日、中川に言われたよ」

子犬のような中川の溌剌とした声で再生される。深雪は「ふふっ」と笑って頷いた。

「みんながお祝いしてくれて嬉しいですね」

「そうだね。俺たちは幸せだね」

指を絡めて繋いだ手が、ポケットの中でぎゅっと握られる。それが嬉しくて、深雪は同じようにぎゅっと握り返した。そうしたら、またぎゅっと握られる。

お互い交互に手を握り合って、なにもないのにおかしくて自然と笑みがこぼれた。

「おや?」

出掛け際に二人で雪の上に落書きをしたポストを通り過ぎたとき、誠司が不意に声を上げた。

「深雪。あれは後藤くんじゃないかな?」

「え?」

視線で促され、誠司ばかりを見ていた目を前方へと向けた。

深雪たちが住むマンションの前に、細長い紙袋を持ち、黒いダウンジャケットを着た男の人が立っている。スマートフォンと、マンションを交互に見る横顔は間違いなく、深雪の幼馴染みの後藤慎平だった。

「慎くん!」

深雪が声をかけると、パッとこっちを向いた慎平が、白い歯を見せて笑った。

「深雪! 出掛けてたのか。うわ〜よかった! 危なかったぁ〜」

入れ違いになるところだったと、慎平がオーバーリアクションで胸を撫で下ろしている。

慎平と地元以外で会うのは初めてのことだ。彼からの連絡もなかったし、深雪は単純に驚いていた。

「びっくりした〜。来るなら連絡してよ。わたしの番号もアドレスも知ってるでしょう? どうしたの? 突然」

クリスマスは昨日で終わりとはいえ、週末だ。クリスマスの延長のようなものだろうに、彼女と遊びに行かなくていいのだろうか。慎平は定期的に彼女が変わるものの、フリーの状態が少ないいくらいモテる。

「悪い悪い。近くまで来たしさ。ふらーっと寄ってみた。そうだ。結婚おめでとう。ハガキありがとうな」

向かい合った慎平が手に持っていたスマートフォンの画面を見せてきた。そこには深雪が少し前に出した、結婚報告兼引っ越しハガキを撮った写真が映っている。

結婚式のあと、いろんなドレスや着物を着せてもらってスタジオで撮影をしたのだが、そのときに撮った写真を使って、親しい人に——と言っても、深雪の知り合いばかりだが——ハガキでお知らせしていたのだ。

無論、慎平にも送った。正確には、慎平の実家に、だ。慎平は実家を出て独り暮らしをしているのだが、その住所を深雪はざっくりとしか知らない。確か隣の県だったはずだ。彼はそこでメガバンクの支店で銀行員をしている。おそらく、後藤のおばさんから「深雪ちゃんからハガキが来てたわよ〜」なんて知らせが慎平に行ったんだろう。

慎平はジーンズの後ろポケットにスマートフォンを仕舞いながら、深雪の後ろにいた誠司に「あ、どうも」と軽く会釈をした。

「結婚祝い持ってきたんだ！」

言いながら彼は手に持っていた細長い紙袋を広げて、中から銀紙とリボンで綺麗にラッピングされたお酒のボトルを見せてきた。

「結婚祝いなんにしようか迷ったんだけど、深雪の旦那さん、だいぶいける口なんだろ？深雪のおじさんとおばさんから、うちの親が聞いたって言うからさ。ワインにしたんだ。サンタムール！　俺、ビールしか飲まないからさ、ワインとかよくわかんないんだけど、サンタとかクリスマスっぽい名前だからこれにしてみた。時期的にな！」

（か、被った！）

笑顔のまま、深雪は完全にフリーズした。

慎平が見せてきたワインのラベルは、サンタムール。フランス産のワインで、「サンタ＝聖なる」「ムール＝愛」で「聖なる愛」。実は、深雪が誠司の誕生日に用意したワインもこのサンタムールなのだ。

愛を込めてのプレゼントのつもりだったのだが、慎平がサンタに惹《ひ》かれて選んでくれたワインもまったく同じ。これは地味に辛い。

（あちゃ――……）

しかし、慎平に悪気があったわけではないのは明白。

「わ～。ありがとう！」

顔が引き攣っていないか気を付けながらワインを受け取る。深雪からの誕生日プレゼントもサンタムールだとは知らない誠司は、純粋に嬉しそうだ。

「後藤くん、わざわざどうもありがとう。よかったら、うちに寄って行きませんか?」

「いいんですか? お邪魔しちゃって」

「どうぞ、どうぞ」

(えっ! 誠司さんのお誕生日なのに!?)

まさか誠司が慎平を招くとは思っていなかっただけに一瞬戸惑う。しかし、せっかく来てくれたのだ。結婚報告兼引っ越しハガキに「お近くにお越しの際は、お立ち寄りください」とも書いたのは他の誰でもない深雪である。

「慎くん、時間ある?」

小首を傾げて都合を聞くと、慎平は嬉しそうに頷いた。

「ああ。もう帰るだけのつもりだったから」

「じゃあ、上がって~」

誠司とお揃いのキーケースを出して、深雪はマンションのオートロックを解錠した。

深雪と誠司の新居は、十二階建てマンションの六階だ。築浅で、普段の買い物にはケーキを買いに行った商店街やスーパーがあるし、会社も近い。住人もファミリー層が多くて落ち着いた雰囲気だ。住んでまだ二ヶ月だが、住み心地もいい。

「どうぞ~」

黒いスタイリッシュな玄関ドアを開けて慎平を招き入れる。

玄関には肩の高さまでの白い靴箱が備え付けてあり、その靴箱の上には、結婚式で深雪が持ったブーケが飾られている。ブーケトスをしないことは予《あらかじ》め決まっていたし、式のあともこうして飾っておけるように、プリザーブドフラワーのブーケを選んだのだ。

「お邪魔しまーす」

慎平が辺りをきょろきょろと見回しながら入ってくる。この部屋に引っ越して以来、初めての来客だ。玄関からリビングまでの廊下には、右手に物置代わりのゲストルームとバスルーム、左手には寝室とレストルームがある。もう一つのゲストルームはリビングの隣だ。

深雪はリビングダイニングに慎平を通した。

白を基調にしたこのナチュラルテイストな家具を選んだのは深雪だ。誠司が中心になって結婚式の準備を進めてくれていたから、新居のことは深雪が請け負った。と言っても、あれこれ相談しながらだが。

お互い独り暮らしで家電はひと通り揃っていたので、色や性能を比べて、いいほうを持ち寄った形だ。両方残した物もある。ただ、ダイニングテーブルとリビング家具は新調した。テーブルに至っては、深雪の両親が遊びに来ても大丈夫なように六人掛けだ。これは誠司の考え。

「おお～。綺麗にしてるんだなぁ。しかもかなり広い。ここ賃貸？」

「ううん。分譲だよ」

「マジかよ……買ったの？　すっげぇ……」

なんだか感心しているというより、信じられないというような口ぶりの慎平がいる。

「どうぞ。座って？」

慎平に白いL字型のソファを勧めて、深雪はリビングダイニングから見える対面型キッチンに入った。ケーキを冷蔵庫に仕舞って、電気ケトルに水を入れる。

「慎くん。コーヒーでいいかな？　インスタントだけど」

「あ、うん。サンキュー」

「誠司さんもコーヒーでいいですか？」

「うん。ありがとう」

そんな深雪と誠司のやり取りを見ていた慎平は、ぷっと噴き出すように笑った。

「なんだよ、深雪。おまえ、旦那さんに敬語なわけ？　結婚してんのに？」

意識してきたわけではなかったが、確かに深雪は誠司に対してずっと敬語だ。結婚してもそれは変わっていない。

「癖、かなぁ。会社で誠司さんはわたしの上司だし……」

話しながらインスタントコーヒーの蓋を開けていると、誠司がキッチンに入ってきた。

「代わるよ。深雪は後藤くんに結婚式の写真を見せてあげるといい」

「いいんですか？　じゃあ、お願いします」

慎平は深雪の友達だ。見知らぬ者同士二人きりにされても、困るだろう。深雪がもてなすほうがいい。誠司の気遣いに感謝して、深雪はキッチンを出た。

「慎くん。結婚式の写真見せたげる〜」

「おう！　見たい！　見たい！」

リビングに設置してある背面テレビ台の引き出しのうちの一つを開けて、アルバムを二冊取り出す。一冊は結婚式場のカメラマンが撮影してくれた写真で、もう一冊はスタジオで撮影した写真だ。二冊とも先日出来上がったばかりで、人に見せるのは初めてだった。

「バージンロードが光るチャペルで式を挙げたの。ナイトウエディングでね、すっごく幻想的で素敵で。式場も全部誠司さんが探してくれたの。ドレスもいいけど、わたし、着物も着たかったんだ。でも人数少ないし、披露宴はしないでお食事会ってことにしたからお色直しできなくて。そしたら誠司さんがスタジオで撮影しようかって言ってくれてね。それで撮ったのがこっちのアルバム」

L字型ソファの二人掛け部分に慎平と並んで座る。

アルバムを次から次に開いて、このドレスは自分で選んだけれど、パールネックレスは誠司が選んでくれたこと、髪飾りが可愛いこと、玄関に飾っていた花は結婚式のときに持っていたブーケだということ、両親が泣いて祝福してくれたこと、スタジオ撮影も楽しかったこと――深雪は、いかに幸せな結婚式だったかを事細かに語って聞かせた。

「へぇ……深雪、綺麗だなぁ……大事にされてるんだ？」

アルバムのページを捲りながら、慎平が質問とも取れる呟きをこぼす。

「うん。すっごく大事にしてもらってる。誠司さんは本当に本当に優しくて！　紳士的で、かっこよくって――あ、ねぇ、見て！　誠司さんのタキシード姿！　脚長いでしょ？　モデルみたいだったんだから！」

「……ったくノロケかよ」

苦笑いした、慎平がくしゃっと深雪の髪を乱暴に掻きまぜる。頭をわしわしと撫でられながら、「ノロケだよ～っ」と笑ってみせると、彼はまたアルバムのページを捲った。

最後のページは集合写真だ。深雪と誠司を中心に、式に参列した親戚たちが写っている。

「深雪のおじさん、目が真っ赤じゃないか」

「そうなの。お父さん、式の途中から号泣しちゃって」

バージンロードを歩くときは気丈だった深雪の父親も、誓いの言葉の辺りから耐えきれなくなったらしく、涙腺が崩壊して集合写真のときまでおいおいと泣き腫らしていたのだ。

「はは。おじさんらしいや。で、旦那さんの親は？　どの人？」

集合写真を眺める慎平に聞かれて、深雪は口籠もった。

「えっと……、誠司さんのご家族は写ってないの。もう早くに亡くなってるから……」

「えっ、そうなんですか?」

振り返る慎平に、誠司は穏やかに微笑んだ。

「俺の家族は深雪だけなんだよ――」

そう言って誠司は、深雪と慎平のコーヒーをローテーブルの上に置くと、L字型ソファの一人掛け部分に腰を下ろした。

「――深雪がいなきゃ俺は天涯孤独だ。深雪に出会えて本当によかった。深雪に出会ってからなんだよ。幸せだなぁって思ったのは」

恥ずかしげもなくそんなことを言う誠司に、深雪のほうが赤面した。

「わたしも……誠司さんと出会えて……本当によかったと思っています……幸せです」

誠司が女として愛される幸せを教えてくれた。そして、愛する人に尽くす歓びも。

もじもじとする深雪を見て、誠司は目を細めた。

「ふふ。よかった。深雪を幸せにすることが、今の俺の目標だから」

(誠司さん……わたしはもう、いっぱい幸せです……)

時がとまったかのように、深雪は心酔しきった眼差しで誠司を見つめた。

朝、大好きな誠司の腕の中で目覚めること、一緒に食事をすること、一緒に通勤して、働く誠司を一番近いところで見ること、仕事帰りに一緒に買い物に行くこと、一緒に家事をすること、一緒にお風呂に入ること、一日を誠司の腕に包まれて終えること……

誠司と過ごす時間のひとコマひとコマが、深雪に幸せを感じさせてくれる。もちろん、誠司に性的に支配され、虐められている瞬間さえも——

「あ、そう言えば、深雪たちとおじさんおばさんと一緒に正月旅行に行くんだって？　どこに行くんだ？」

不意に上がった慎平の声に思考が中断され、彼のほうを見る。

意味がわからなかった。

「旅行？　なんのこと？」

お正月に旅行なんて聞いていない。深雪と誠司の新婚旅行は、ゴールデンウィークの予定だ。五月の気候のいい時期に沖縄に行くことになっている。

深雪がきょとんとしながら首を傾げると、今度は誠司が「ああ……」と声を漏らした。

その声が、仕事中にトラブルがあったときに漏らす声と似ていて、深雪はすぐさま彼のほうを見た。すると、案の定、眉を下げて苦笑いしている誠司がいるではないか。

「これは……思わぬところからバレてしまったかな？」

「え？」

まだ深雪は呑み込めない。だが、慎平はなにかを察したように、首の後ろに手をやった。

「も、もしかして、深雪には内緒でした？」

「うん。実は、ね」

「すみません！　うわーマジ、ごめんなさい！」

両手を合わせて平謝りする慎平を、「大丈夫、そろそろ言おうと思ってたんだ」と誠司が宥めた。

「実はね深雪。今度のお正月に深雪の実家に顔を出すだろう？　そのときに、お義父さんお義母さんと深雪と俺の四人で、温泉に泊まろうと思って。実はもう宿もとってるんだ」

「ええっ！　そうなんですか⁉」

サプライズに驚いた深雪は、両手で口元を覆った。

「深雪を嫁に出して、お義父さんお義母さんもやっぱり寂しいと思うんだ。式のときに、お義父さんもあれだけ泣いていらしたしね。それに俺とご両親は、挨拶のときと式とで、まだ二回しか顔を合わせていないんだよ。これから長い付き合いになるんだし、早く打ち解けたいなと思ってね。正月ならお義父さんの休みとも合わせやすいし」

結婚式が終わって、深雪がドレスから着替えている間の待ち時間に、誠司から両親に提案したんだそうだ。そのときの両親の喜びようは容易に想像できる。

そしてなにより、誠司が自分の両親の気持ちを尊重してくれること、距離を縮めようと努力してくれることが、深雪は純粋に嬉しい。

「ありがとうございます！　誠司さんっ！」

深雪は思わず席を立って、誠司の膝に縋った。すると誠司が深雪の頬を撫でながら、こめかみから髪に指を差し入れてくる。

「喜んでくれたみたいで嬉しいよ。深雪もね、親孝行してあげなさい。ご両親には深雪しかいないんだから」

「……はい」

「いい子だね」

丁寧に髪を梳くように撫でられるのが気持ちいい。大きくて、あったかくて、優しい手。誠司の手。まるで彼に飼われている子猫にでもなった気分だ。

うっとりとしながら微笑むと、誠司の目がすーっと細まった。それは深雪が好きな誠司の仄暗い眼差し。なにを考えているのかわからない黒い瞳の中に、深雪だけが映っている。

「深雪、もうすぐ晩ご飯の時間だね」

そう言われて、深雪は「はい」と頷いた。

「後藤くんにも食べていってもらうのはどうかな？　ほら、ケーキも大きいしね。どうかな？　大勢のほうが楽しいんじゃないかなぁ？　後藤くんもせっかく来てくれたんだよ。おもてなししないとね。深雪はどう思う？」

誠司の声が鼓膜を優しく撫でる。その声に、深雪はうんうんと頷いた。

今日は誠司の誕生日。パーティーのつもりだったから、おかずの量はたっぷりとある。

誠司の言う通り、ケーキも二人で食べるには大きいし、食卓は大勢で囲むほうが楽しい。せっかく来てくれた慎平をコーヒーだけで帰すのは失礼かもしれない。深雪の両親と仲良くなるために旅行を計画するような誠司だ。深雪の友達の慎平と親しくなるべく、心を砕いてくれているのかも。彼はいつだって、深雪を喜ばせようとしてくれているのだから。

「すごくいいと思います」

「いや、俺は――」

背後で恐縮しきった慎平の声がする。誠司がサプライズにしていたお正月旅行をばらしてしまったから、ばつが悪いのかもしれない。

深雪はとろんとした目で彼を振り返った。

「もう帰るだけだったんでしょう？　じゃあ、ご飯も食べていったらいいじゃない。今日はね、ケーキもあるんだよ～。美味しいよ～」

「実は、今日は俺の誕生日なんです。それで深雪がたくさんご馳走を作ってくれていて。予約していたケーキを取りに行った帰りに、ちょうど後藤くんと会ったわけです」

説明する誠司に、「今日はお祝いなの」と深雪が付け足すと、「そういうことなら」と、慎平も頷いてくれた。

「旦那さん、何歳になるんですか？」

「今年で三十六だよ」

ダイニングテーブルにランチョンマットを三枚敷きながら、誠司が慎平の質問に答えている。慎平は「じゃあ、深雪とひと回り違うんですか」と驚きの声を上げた。

「それで、深雪の上司なんですよね？　え、じゃあ、部下に手を出したんすか？　十二も離れた？」

「そうだね。最低だろ？」

誠司が自虐的に笑う。

深雪はサラダが入ったガラスボウルと小皿を持ってきて、ダイニングテーブルの上にドンッと置いた。

「違うの！　誠司さんは最低なんかじゃないの！　誠司さんは本当に紳士なんだから！　わたしが付き合ってくださいってお願いしたの！　わたしが先に誠司さんのこと好きになっちゃったの！」

もう何度目かになる釈明に力が入る。

誠司を悪く言われるのは嫌だし、彼のことを勘違いされるのも嫌だ。

「付き合ってください」と「誠司さんのものにしてください」と「抱いてください」とお願いしたのは深雪なのだから。

すると誠司が笑いながら深雪の顔を覗き込んできた。

「んー、どうかな。好きになったのは俺のほうが先かもよ？　あのとき言ったでしょう？

『前から好きだった』って」

鼻先が触れ合いそうなくらいの至近距離で囁かれてドキッとする。

誠司がいつから自分を想っていてくれたのか、深雪は知らない。深雪だって、気が付いたら彼に惹かれていたのだ。憧れと恋の違いもわからない頃から、彼に心を奪われていた。でも、彼に想われていたという事実が深雪はこの上なく嬉しい。

「誠司さん――」

「ああ、もう！　ラブラブかよ！　俺の存在忘れてるだろ⁉　二人ともノロケがスゴイ！」

慎平からの苦情に、深雪と誠司は顔を見合わせて笑う。

(そっか……。わたしだけじゃなくて、誠司さんもノロケてるんだ……。なんか嬉しいな)

ポッと熱が上がる顔を誤魔化すように、深雪はテーブルの向こう側にいる慎平に、べーっと悪戯っぽく舌を出した。

「だって新婚だもん！」

「ハイハイ、ごちそーさま！　まだ飯食ってないけどな！　深雪ぃ！　飯まだー⁉」

誠司なら絶対に言わない催促だ。誠司は独り暮らしの頃、自炊をしなかったが、できないわけではなく、その大変さを身を以て知っているからこそそのしないという選択だ。だから、深雪が料理を作ると手伝ってくれるし、「今日は家事を休憩しようね」と言って食事に連れ出したりしてくれる。

（慎くん、彼女に『ご飯まだー』なんて言ってるのかな？　たぶんそれ、よくないと思うんだけど）

いや、彼のそういうところを好きな女の人もいるのかもしれない。

良くも悪くも、慎平は昔から亭主関白《ていしゅかんぱく》だ。元気で明るくて楽しくて、グイグイと引っ張ってくれるリーダー格。頼れる近所のお兄ちゃん。誠司とはまったくタイプが違う。

誠司も頼れる男の人だし、リーダー格でもあるのだが、ふんわりと包み込んでくれるような包容力がある。グイグイと引っ張るのではなく、優しく正解に導いてくれる……言うなればそう、指導者だ。そして穏やかな物腰の裏側に、支配者の一面が隠されている。

（慎くんってちょっと宇佐美さんに似てるのかも！）

そんなことを考えながら、深雪はキッチンからホットプレートを持ってきた。そして、独り暮らしの頃から使っている大きめのココットをホットプレートの中央に載せる。チーズとフォンデュパウダー、牛乳を合わせ、焦げ付かないようにまぜながら溶かせば、準備完了。

「じゃ～ん。今日はチーズフォンデュですよ～。サラダと、春巻きと、ミネストローネも！」

「おお、豪華だね。昼間に材料をたくさん切っていたのはこれだったんだね」

ココットの周りに、ソーセージ、フランスパン、茹でたブロッコリー、アスパラガス、じゃがいも、にんじん、海老なんかを並べて、チーズを絡めていただく。ワイワイと皆で囲むのにはちょうどいい。余ったら次の日にシチューでも作って具材にしてしまえばいいと思っていたから、食材は多めに切っておいたのだ。

誠司はワインとグラスを二脚持ってきて、慎平に勧めた。

「後藤くんがくれたワインをいただこうかな。後藤くんもどう?」

「あ、いや、俺は……」

「もしかして、車だったかな?」

「いや、電車です。いいのかな、プレゼントなのに」

自分が贈ったワインを自分が飲むことに抵抗があったらしい。誠司の隣で深雪はチーズを掻き混ぜながら笑った。

「わたし、お酒は飲めないから、慎くん、誠司さんの相手してあげて?」

「そう? じゃあ、いただきます」

慎平が受け取ったグラスに誠司がワインを注ぐ。誠司のグラスには深雪が注いだ。

「えっと。新婚の二人の幸せ祈願と、旦那さんの誕生日祝いということで、ひとつ、乾杯!」

お客の慎平がなぜか仕切る。人のいい誠司は気にした様子も見せずに、「ありがとう、乾杯」と言って慎平とグラスを合わせた。

「はい、深雪も乾杯」

麦茶の入った深雪のコップに、誠司がカチンとグラスを合わせてくれる。彼はグラスに口を付けて、「ああ、いい味だ」と呟いた。

(よかった。美味《おい》しいんだ)

酒類を飲まない深雪だから、なにもわからず、レビューを参考に買うしかなかったのだが、慎平も同じ物を買ったくらいなのだから、結構いいお品だったのかもしれない。

誠司が早速グラスを空にすると、慎平も負けじとグラスをあけた。

「後藤くんはどこに勤めてるの？」

「銀行です。あいお銀行で審査業務やってます」

「審査、それは大変な仕事だねぇ」

「まぁ、そうっすね。全部の融資には応えられないのは辛いですけど。いろんな会社回れて楽しいこともありますよ。旦那さんが深雪の上司ってことは、旦那さんも営業ですか？」

「うん。そうだよ。まぁでもここ数年は、新人教育を担当することが多いんだけどね」

仕事の話を中心に、男二人はだいぶ打ち解けてきたように見える。

深雪はチーズの火加減を見ながら、春巻きをホットプレートの隅で焼いては、誠司と慎平の皿にポイポイと入れた。

「深雪。この春巻き、サクサクで美味しいよ」

「よかったぁ～」

誠司に喜んでもらえれば、深雪はそれで満足だ。深雪が顔を綻ばせると、向かいに座っていた慎平も春巻きに齧り付いた。

「へぇ～！　深雪、料理上達したなぁ！　一時期、焦げた臭いが連日漂ってたけどな！」

「そ、そんなことなかったでしょう⁉」

深雪は慌てるが、慎平は取り合わない。

「いや～、深雪の声で『また焦げた！』って叫んでるの、結構聞こえてたぞ」

「や、やだ、もう！」

もう忘れかけていた過去なのに、言われると確かにそんなことがあったような気がして、深雪は赤面するしかない。

慎平は深雪を揶揄いながら、ワインを呷った。

「旦那さんは、ぶっちゃけ深雪のどこが好きなんですか？　具体的に。ほら、深雪って、結構鈍いでしょ？　マイペースっていうか、おっとりっていうか」

「もーっ！」

鈍いと言われてぷりぷりと膨れて見せながらも、誠司が自分の具体的にどこを好いてくれているのかは今まで聞いたことがない。特別な存在だからとは言ってもらったことはあるけれど。

（ううう～気になるよ～）

春巻きをツンツンしつつ誠司を盗み見ると、誠司が「具体的にか」と言いながら、深雪の頭を撫でてきた。

「可愛い。愛くるしいよね。すごく。可愛い」

（〰〰っ！）

褒められて顔が熱くなる。

「でも、年取りますよ。可愛いのなんて若いうちだけですよ？」

慎平の不粋なツッコミに、深雪がムッとする間もなく誠司が笑い飛ばした。

「あははは！　そうかな？　何歳になっても深雪は可愛いと思うよ。見た目だけじゃなくてね、声も仕草も、思考も、深雪は全部可愛い――」

誠司は一度言葉を切ると、深雪の頭を撫でていた手を下ろして、テーブルの下で手を重ねてきた。

「――深雪はね、俺を救ってくれたんだよ。大げさな話じゃなくてね。やっと見つけた人なんだ。だからね、深雪から離れられないのは俺のほう。深雪の全部が好きだよ。優しいところも、後藤くんが言う鈍いところもね。深雪の存在が俺の救いなんだ」

「誠司さん……」

じっと見つめてくる誠司の眼差しは穏やかだ。ちょっと泣きそうになってしまう。

彼の孤独を少しでも癒やしてあげたかった。取り繕った仮面を外した、素の彼を包んであげたかった。あなた自身を愛している女がここにいるのだと少しでも伝わればいいと

――ずっとそう思っていた。その自分の想いが、彼のひと言で報われた気分だ。

するると、慎平が誠司に向かってガバッと頭を下げてきた。

「旦那さん！　深雪を頼みます。深雪を幸せにしてやってください！」

「えっ？　慎くん、なに？　どうしたの？　え～やだ！　ちょっと頭上げてよ！」

突然の慎平の言動に驚いたのは深雪と誠司だ。二人で顔を見合わせる。

「俺にとって深雪は、幼馴染みで、隣の家の女の子で――恋愛感情とか、そんなの全然なかったんですけど、ホント違うんですけど、ずっと……その、妹みたいな感じで……やっぱ大切っていうか！　深雪が泣いてるのは見たくねーなっていう気持ちがあって……」

どこか歯切れも悪く、言葉を選びつつといった具合いだ。

彼はゆっくりと頭を上げ、目を逸らしつつ首の後ろに手をやった。

「本当は今日来たのも、深雪の幸せを確かめたかったっていうか、俺が安心したかったっていうか……。深雪は純情だし、男を知らなすぎるのに結婚とか。しかも聞けば付き合って一年経ってないって話だし、こいつ、ほんと大丈夫なのかって」

(慎くん……)

彼がそんなに心配してくれていたなんて思わなかった。慎平からしてみれば、妹分の深雪は、まだまだ手の掛かる子供なのかもしれない。

深雪は誠司の腕にぎゅっとしがみついた。

「大丈夫だよ！　誠司さんは本当に優しいから！」

「俺も深雪が泣いてる姿は見たくないよ。誰よりも大切な人だからね。深雪は俺が必ず幸せにするよ」

キッパリと言い切ってくれる誠司に頼もしさを感じる。深雪が彼の肩に頭を載せてスリスリと擦《こす》りつけると、慎平はくしゃくしゃな笑顔を見せてくれた。

「よかった！　本当によかった！　安心した！　旦那さん飲みましょう、飲みましょう！」

そう言った慎平が、減っていた誠司のグラスにワインを継ぎ足す。と、ワインボトルが空になった。

「あれ？　もう空？」

「ああ、お勧めのウイスキーがあるよ。飲むかい？」

酒好きの誠司が、時々晩酌に愛飲している物だ。慎平はもうだいぶ顔が赤いくせにまだ飲むつもりらしい。「いただきます」と言うから、カウンター下のサイドボードに綺麗に並べてある中から、誠司が自らボトルを選んで持ってきた。

「お勧めはストレートかロックだけど、どっちがいいかな？」

「あ、じゃあ、ストレートで！　いただきます！」

誠司は深雪にショットグラスを二つと、氷と水を入れたコップを二つ、持って来させた。そして、慎平のグラスにとぷとぷとウイスキーを注ぐ。深雪のところまで、柑橘系の爽やかな香りがした。

「じゃあ、二回目だけど、乾杯」

「カンパーイ！」

グラスを静かに掲げる誠司に対して、慎平はやたらとハイテンションだ。あっという間にグラスをあけて、またおかわりをしている。

「ウイスキーなんて初めて飲みましたけど、旨《うま》いですねーこれ！」

「マッカランだからね。飲みやすいと思うよ。いい酒だから、次の日に残りにくいし」

「マッカラン？　あーなんか聞いたことあるかも」

誠司は気前よく慎平にウイスキーを振る舞いながら、自分はゆっくりと、時にはチェイサーを挟んで飲んでいる。もちろん、深雪のチーズフォンデュや春巻きを食べながら。

「深雪、この春巻きほんと美味しい。また作ってほしいな」

「もちろんです！　誠司さんはこういう味が好きなんですね。覚えておきますね」

揚げていないから、ヘルシーでよかったのかもしれない。

（誠司さんの好物、一個発見！　嬉しいな〜。もっと知りたいな〜）

そんな二人のやり取りを見ていた慎平が、はぁ、とため息をついた。

「ああ、深雪が人妻かぁ〜。あんなに小っちゃかったのになぁ〜。まだ信じらんない」

「慎くん、お父さんみたいなこと言ってる」

「だってさぁ、俺が遊びに行こうとすると、『慎にぃ』『慎にぃ』ってずっと付いてきてたじゃん？　ほんと可愛くってさぁ。一緒に風呂入ってたこともあるしなー」

慎平は昔を懐かしむようにとろんと目尻を下げて、深雪を見てきた。

「ちょっと待って！　それ、わたしが幼稚園のとき！　一緒に遊んでたのも、小一とか小二の頃までの話でしょ。わたし、『俺はおまえの兄ちゃんじゃない！　慎にぃって呼ぶな！』って怒られた記憶があるんですけど……」

それをきっかけに、深雪は慎平のことを慎くんと呼ぶようになったのだ。今までたくさん遊んでくれていた慎平から急に拒絶されたようで悲しく、まだ幼かった深雪は大泣きして、「友達に揶揄われたのよ」と慎平の母親に慰められたのを、今でもはっきりと覚えている。振り返れば反抗期のようなものだったのだろう。

先に慎平のほうが余所余所しくなって、深雪の受験勉強を見てもらうときまで、だいぶ間があいていたはずだ。勉強を見てもらうのだって、深雪が頼んだのではなく、深雪の母親が慎平に頼んだから。もうその頃になると、以前の優しい慎平に戻っていたし、深雪としても彼に頼っていたところがあると思う。

深雪が中学生になったら、今度は慎平の大学受験が本格化し、大学に進学した彼は家を出たので、そこからはもう今と変わらない、年に一度会うくらいの仲だ。それを、「風呂に一緒に入ってたこともある」だなんて。

深雪の記憶だと、慎平の両親が泊まりで出掛けなくてはならなくなったときに、高田家で彼を預かることになり、プール遊びのように一緒に風呂に入れられたというだけの話だ。そもそも深雪は慎平の部屋にだって入ったことがないのに、たった一度のことを思わせぶりに言わないでほしい。

「えー。だって、兄妹じゃねーもん……深雪は——……」

妹みたいな感じと言ったり、兄妹じゃないと言ったり、慎平はよくわからない。彼はゆっくりと目を閉じて、うっつらうっつらと船を漕《こ》ぎはじめた。

「慎くーん？　寝ちゃ駄目だよ～」

「寝てない、寝てない、寝てませんよぉ～？　ああ、食った食った。腹いっぱい。深雪、美味かったよ、ご馳走さん」

赤い顔をした慎平が、自分の腹を撫でながら「んー」っと伸びをする。その仕草がなんとまぁ、おじさんっぽい。

(慎くん、誠司さんより年下なのに、誠司さんよりおじさんぽいよ……)

いや、たぶん慎平は普通だ。誠司がスマートなだけだろうと思い直して、深雪は隣の誠司に向き直った。

「そろそろケーキを出しましょうか？」

「そうだね。貰おうかな」

頷いてくれた誠司と一緒に、先にホットプレートを片付けて、冷蔵庫からケーキを出す。箱からそーっと取り出して、ダイニングテーブルの真ん中に置いた。

別途買った3と6のろうそくを、お誕生日プレートを挟んで左右に立てる。

「よし、できた！　あれ、慎くん寝ちゃった？　慎くん？」

ケーキを用意している間に慎平はテーブルの上に崩れて、すーすーと寝息を立てている。深雪の声かけにだってピクリとも反応しない。一方の誠司はケロッとしている。

「だいぶ飲んでいたしね。寝かせてあげたら？」

「そうですね。そのうち起きるかもだし」

深雪はろうそくに火をつけると、電気の明かりを小さくした。

「ハッピーバースデー・トゥー・ユー。ハッピーバースデー・トゥー・ユー。ハッピーバースデー・ディア・誠司さん。ハッピーバースデー・トゥー・ユー♪」

小さく手を叩きながら静かに歌う。慎平が眠っていてくれて本当によかった。彼が起きていると、ちょっと恥ずかしいから。

「お誕生日おめでとうございます！」

「ありがとう。嬉しいよ。本当に……嬉しい……」

誠司がしみじみとした声で言ってくれる。彼に喜んでもらえた。彼を喜ばせることができた。そのことが深雪は純粋に嬉しい。顔がずっと綻びっぱなしだ。

「ささ。お願いごととして、ろうそくを消してくださいね」

「願いごとはもう決まってるよ。深雪とずっと一緒にいたい——俺の願いはこれだけだよ」

「誠司さん……」

愛されている。自分はこの人に深く深く愛されている。自分はこの人に必要とされている。この人のかけがえのない存在になれた歓びが、深雪の胸を満たす。

そして深雪にとっても、この人はかけがえのない存在なのだ。

(誠司さんが喜んでくれたら、わたしも嬉しいな)

この人となら、一緒に幸せになれる確信が深雪にはある。

どちらかだけが幸せなのではなく、一緒に幸せになれる関係。

「食べようか」

「はいっ!」

ケーキはとりあえず三等分にして、お誕生日プレートは誠司のお皿に。慎平の分は箱に戻してまた冷蔵庫に入れた。

「深雪、いちご好きだろう? あげるよ。はい、あーんして?」

フォークに突き刺した真っ赤ないちごを、口元に差し出される。テーブルの向こう側には慎平がいるのに。

(でも、寝てるし……)

深雪は誠司に言われるがままに口を開けた。

「あーん……んっ〜〜！　甘ぁ〜い」

「美味しい？」

「はい、とても」

ガトーショコラの苦味を抑えるために、いちごにはシロップがたっぷりとかかっている。それは天然の甘さとは少し違ったかもしれないけれど、美味しいことには変わりない。

いちごに負けない甘さで「よかった」と、誠司が微笑む。深雪は自分のケーキに載っているいちごにフォークを刺して、彼の口元に差し出した。

「誠司さんも、あーんしてください」

「くれるの？　あーん」

お互いに食べさせ合ってクスクスと笑う。すぐ側で慎平が眠っていることなんか、忘れてしまいそうだ。

（来年も、再来年も、ずっとずっとこうしていたいな）

ケーキを食べ終わってから、二人で一緒に食器をキッチンに下げる。普段は洗い物を誠司がしてくれるが、今日は深雪が引き受けた。

「誠司さん、お風呂先に入っちゃってください」とエプロンを着けながら言うと、誠司は「明日は俺がするから」と言い残してバスルームに向かった。

誠司の姿が見えなくなってから、深雪は軽く洗い流した食器を、備え付けの食器洗い乾燥機の中に収めた。ホットプレートは入らないので手洗いだ。

用意した春巻きは全部なくなった。誠司は余程気に入ったのか、結構食べてくれた。

(誠司さんが好きなら、今度から春巻きはこのレシピに固定しようかな)

深雪の中心はいつだって誠司だ。誠司が喜んでくれることだけをしたい。この部屋は誠司と深雪の幸せな愛の巣なのだ。

「ハッピーバースデー・トゥー・ユー♪　ふふっ」

機嫌よく誕生日の歌を小さく口ずさみながら、余ったチーズフォンデュの具材を、シチューとして蘇らせるべく鍋で煮込む。チーズも入れてしまえばコクが出て美味しい。

(明日はこれを食べよーっと)

「さて……」

だいぶ時間が経った。もう二十一時を回っている。

(慎くん、電車だって言ってたよね？　終電にはまだ時間あるけど、どうしよう？　そろそろ起こしてみようかな)

深雪は、ダイニングテーブルに突っ伏して寝ている慎平に近付いた。

「慎くん、慎くん。もう九時過ぎたけど起きれる？　慎くん」

「…………」

慎平の反応はまるでない。かなり深く眠っているように見える。しかし、このままにしておくわけにもいくまい。深雪はもう一度慎平に声をかけた。今度は肩を軽く揺すって。

「慎くん、慎くんってば」

「う～ん」

少し反応があった。慎平は眉間に皺を寄せて、低く呻っている。

「慎くん、起きれる？　大丈夫？」

「ん？　ん～」

まともな反応が返ってこないのは、寝ぼけているのか——いや、これはどう見ても飲み過ぎだ。完全に酔いが回っているのだろう。

（こんな状態で電車なんか乗れないんじゃ……？）

慎平は隣の県に住んでいるから、タクシーで移動したらメーターが上がるばっかりだ。それにこんな状態の彼を、タクシーに放り込むわけにもいかない。

これはお泊まりコースになるなと思いながら、深雪は慎平の片腕を引っ張った。

「慎くん、ここで寝たら風邪ひいちゃう。ソファに移動しよう。少しの距離だから、頑張って歩いて」

今はいいかもしれないが、このままでは起きたときに身体も辛いだろう。リビングのソファで横になったほうがまだいいはずだ。

摑んだ慎平の腕を自分の肩に担ぐように引っ掛けて、立ち上がらせる。

慎平は「う～ん」と相変わらず呻りながらではあったものの、なんとか立ち上がってくれた。が、重い。

誠司よりは少し低いが、慎平も身長があるほうだから、深雪が一人で支えるにはだいぶ無理がある。

「ううう……慎くん……あともうちょっとだから、ね？　頑張って」

この励ましは慎平へ向けたものというより、完全に自分へ向けたものだ。千鳥足状態の慎平に半分引っ張られながら、深雪は徒労の末にようやくソファへと到着した。

「よいしょっ！」

弾みを付けて慎平をソファへと座らせる。肩に引っ掛けた腕をうまく外せずに、深雪も一緒にソファに座る形になった。彼は一秒も座っていられないのか、あっという間に崩れ落ち、ソファに仰向けになって――

「きゃっ！」

慎平に引っ張られて、深雪まで体勢を崩す。彼の身体の上に深雪が重なる状態になってしまったのだ。外し損ねた慎平の腕を持ち上げようとしたのだが、完全に脱力しきった人間というのは腕一本でもこんなに重たいのか、深雪の細腕ではびくともしない。

それどころか、ぎゅっと抱きしめられて――

「もう！　慎くん、離してよ」

「ん〜〜っ」

慎平は完全に寝ぼけているのか、深雪の腰に手を這わせ抱き枕のように脚を絡ませようとしてくる。もしかして、深雪を彼女と間違えている？

「やだ！　ちょっと！　やめて、離し――――っ!?」

深雪が最後まで言う前に、ぐんっと腕を引っ張られて慎平から引き離される。瞬きする間に、深雪は誠司の腕に囲われていた。

「誠司さん！」

「大丈夫？」

湯上がりの誠司は少し髪が湿っていて、いい匂いがする。素肌に着たパジャマは胸元のボタンが一つあいていて、深くV字に開いた前の合わせから、男らしい喉仏と鎖骨が覗いて艶《なま》めかしい。その胸に頬を擦り寄せ、甘えさせてもらう。

（ああ……誠司さんだ……）

もう結婚したのに。夫婦なのに。誠司に抱きしめられるとドキドキする。

この胸のときめきは、彼を男の人として意識したあの日から、ずっとずっと変わらない。

こんな素敵な人と結婚できたなんて……誠司の手が深雪の肩からゆっくりと二の腕を通って滑り落ちる。その感触にすらドキドキしてしまう。

「大丈夫です。慎くん、完全に酔っ払ってるみたいで。わたしのこと、彼女と間違えたのかな」

慎平に抱きしめられていたところを見られたから、誠司が変に思ってやしないか気になって弁解する。

「深雪が一人で後藤くんをソファに連れてきたの？」

誠司は、ソファでいびきをかいている慎平を見下ろしている。そのクールな眼差しは、ゾクッとするほど色っぽい。その色気に当てられたように、深雪はぽーっとしてしまった。

「はい。でも慎くん、ちょっとだけ起きて歩いてくれたので」

もう、彼は寝てしまったようだけど。

「誠司さん、慎くん起きれそうにないみたいなんですけど……」

「俺が飲ませすぎたみたいだね。悪いことをした。仕方ない。今日はこのまま寝かせてあげなさい」

「はい。では、毛布を取ってきます」

誠司は優しいから、自分が飲ませすぎたと言うけれど、あれはどう見ても慎平が自分からバカスカ飲んでいた。慎平が悪い。新社会人でもあるまいし、自分の飲む量くらい、自分でセーブすべきだ。現に、慎平と一緒に飲んでいた誠司はケロッとしている。幼馴染みとして恥ずかしい。

プレゼントのワインは被るし、深雪の昔のことは暴露するし、酔っ払って寝てしまうし、慎平に散々な目に遭《あ》わされた気分だ。

(もう！　慎くんの酔っ払い！)

深雪は物置にしている部屋に入って、布団ケースから毛布を引っ張り出した。深雪が独り暮らしをしていた頃に使っていたものだ。それをソファでガーガーといびきをかいている慎平に頭からバサッと被せてやる。エアコンは付いているし、一応、これで風邪はひかないだろう。

「ふう」とため息をつくと、誠司が後ろから頭を撫でてくれた。

「お疲れ様。素敵な誕生日をありがとう」

そう彼に労《いたわ》られて、深雪はふにゃっと頬を緩めた。

誠司から貰う言葉の一つ一つがこんなにも嬉しい。彼に尽くす喜びで深雪の中はいっぱいだ。撫でられるのが気持ちよくて目を閉じかけてしまう。

「深雪、ゆっくり風呂に入っておいで」

「はい」

深雪はエプロンを外してダイニングの椅子の背に掛けると、パタパタと小走りでバスルームに向かった。

この家の浴槽はかなり広い。誠司は自分が背が高いから、足を伸ばして入れるゆったりとした浴槽を選んだのだと言っていた。シーリング照明はモダンなバスルームの演出に一役買っている。ノルディグレーウッドのアクセントパネルは、まるでホテルのよう。大きいからといって掃除がしにくいことがないように、材質にもこだわってあるし、当然、深雪も気に入っている。

「はう……気持ちいい……」

髪と身体を洗って湯船に浸《つ》かると、思わず声が漏れる。

誠司が入浴剤を入れていたようで、お湯が乳白色になってとろみを帯びている。それが身体を芯から温めてくれて、心底気持ちがいいのだ。おまけにいい香り。誠司と同じ香り。

(んっ、上がろう!)

長湯をするのは気持ちがいいけれど、その分、誠司との時間が減ってしまう。

深雪は手早く身体を拭くと、誠司とお揃いのパジャマに袖を通した。

濡れた髪をタオルで拭きながら一度リビングに入る。

誠司が電気を消してくれたのだろう、一番暗い明かりだけがついていた。

(喉渇いた)

続きのキッチンに入って、冷えた麦茶で喉を潤す。リビングのソファに視線をやると、慎平が相変わらずガーガーといびきをかいていた。かなり熟睡している様子の彼に小さく肩を竦める。

まったく現金なものだ。新婚家庭に突然来て、好きなだけ飲み食いして、あまつさえ寝てしまうのだから。でも、憎めないのが慎平というキャラなのかもしれない。

深雪は濡れた髪のまま、寝室へと入った。

外開きのドアを開けると、真正面にクィーンサイズのベッドがある。モダンな木製フレームで、色はダークブラウン。高級感があって、なかなか寝心地もいい。

ベッドを中央に置いたのは、単にこのベッドの下がチェストになっており、その引き出しが左右から開ける仕様になっているからだ。

奥の壁に押し付けたベッドヘッドに凭れるようにしてスマートフォンを弄《いじ》っていた誠司が、深雪に気付いてすぐに画面から顔を上げた。

「おかえり」

スマートフォンを脇に置いた彼が、大きく両手を広げてくれる。深雪はパタンとドアを閉めて、迷わず彼の腕の中に収まった。

「髪、乾かそうね」

「はーい」

ベッドサイドに置いたカウンターの一番下の引き出しから、ドライヤーを出す。お互い独り暮らしをしていたから、誠司が持ってきたドライヤーは洗面所に、深雪のはこの寝室に置いた。もはや当たり前に深雪は誠司に髪を乾かしてもらう。誠司のあぐらの上に体操座りをした深雪は、足の指をピコピコと動かしながら口を開いた。

「誠司さん、今日は慎くんがごめんなさい。せっかくのお誕生日だったのに……ワインも渡せなかったし……」

深雪が想定していた誕生日パーティーはもっと違うものだったと謝ると、髪を乾かしながら誠司が頭を撫でてくれた。

「謝らないでいいよ。いつもと違う深雪が見られたのも、結構楽しかったしね。深雪のワインは、今度二人っきりのときに開けよう。後藤くんとは一度ちゃんと話してみたかったから、これもいい機会だ。まぁ、旅行のことをバラされたのは正直参ったけどね。内緒だって知らなかったみたいだし、仕方ないさ」

若干苦笑いしながらではあったが、誠司はそう言ってくれた。彼の中では、正月に予定していた旅行を慎平がバラしてしまったこと以外は、許容範囲だったらしい。

誠司は大人だから、人前で露骨に感情を出すことはしないが、深雪にはちゃんと本心を話してくれる。それが気を許してくれている証に思えて深雪は嬉しいのだ。

ドライヤーの音がやんで、深雪は自分の背中を誠司の胸に預けた。

「旅行、ありがとうございます。嬉しいです。楽しみ」

「本当はね、当日まで深雪には内緒にして、駅でお義父さんたちと合流して、そのまま温泉に行くつもりだったんだ。サプライズ」

て笑ってしまう。

深雪には、実家に泊まると言って宿泊の用意をさせるつもりだったらしい。誠司らしく
そう言えば、深雪の誕生日のときもそうだった。深雪の与り知らぬところでホテルが用意されていたし、たぶん彼は、こういうサプライズを企画するのが好きなんだろう。

「わたし、誠司さんと出会えて幸せです」

「俺もだよ」

後ろからぎゅっと抱きしめられて目を閉じる。温かくて気持ちがいい。ちゅっと頬に口付けられて、こそばゆくて、笑いながら身を捩《よじ》る。

こんな日が続くんだろう。ずっと、ずっと――

「深雪、抱きたい」

耳元で囁かれてドキッとする。深雪が目を開けると、誠司の指先が顔に伸びてきているところだった。そのまま親指と人差し指、それから中指で唇を触られる。

「でも――んっ」

言葉を発する前に口をこじ開けられて、人差し指と中指が口内に入ってくる。舌の腹を擦られながら、耳の縁を舐められた。

「『でも？』なに？」

ぞろっと口蓋を撫で上げられるのが気持ちよくて、思わず眉を寄せる。誠司は深雪の耳

に自分の唇を押し当て、耳の穴に直接吹き込むように囁いてきた。

「俺の誕生日はまだ終わってないよ。今日の深雪は俺へのプレゼントで、俺が好きに抱いていい日——そうだったよね?」

身体がゾクゾクする。誠司の声に明らかに身体が反応しているのだ。深雪は口内を蹂躙されながら、小さく頷いた。

深雪の口から指を引き抜いた誠司が、唇を触りながら頬にキスしてくる。そのまま、ちゅっちゅっと、何度も肌を薄く食まれてしまう。それが気持ちがいいから困る。

「深雪が可愛いのがいけないんだよ? 誕生日プレゼントに自分をあげるなんて言ったりして。あんなこと言ったら、俺にどんなことをされるか、わかってて言ったよね?」

お腹の奥に響く囁きは、深雪を昂らせる。自分から性的な匂いがしている気がして、深雪は頬を染めた。

「リ、リビングに、慎くんが、いるのに……」

このマンションの防音はしっかりしているが、寝室とリビングの距離では大きな音だと聞こえたりもする。話し声程度なら聞こえないが。

深雪が困惑を訴えると、誠司はふっと笑った。

「あれだけ飲んでるんだ。深雪が大きな声を上げなければ、そうそう起きないよ。それとも俺は、深雪から誕生日プレゼントを貰えないのかな?」

「そ、そうではなく——」

「ごめんね？　深雪は命令されるほうがよかったね？」

なおも躊躇う深雪を抱きしめたまま、誠司はゆっくりと眼鏡を外した。

そして——

「脱げ」

短い命令が、深雪を芯から彼に服従させる。あの眼差しが深雪を捕らえて閉じ込めて離さない。深雪はビクンと身体を震わせた。

あそこからじわっと愛液が滲んでショーツを濡らす。

愛する彼に求められているのだ。愛されているから求められているのだ。

女の性は与えることにある。男に求められてこそ、女は女になる。

愛する誠司に求められたら、こんな状況でも胸がときめいてしまう。抱かれたくなってしまう。彼にならなにをされてもいい。嬲られても、弄ばれてもいい。玩具にされたって構わない。

だって彼は、深雪をこの上なく愛してくれる。

深雪がどうすれば感じるか。深雪の身体のどこが弱いのか。深雪の限界はどこにあるのか。彼は深雪のことをなんでも知っている。

知った上で、絶妙な力加減で、虐めて辱めて征服してくれる。深雪の嫌がることは絶対にしない。それが彼の愛なのだ。

誠司は、彼自身が中毒性のある甘い毒だ。弱く不完全でありながら、完璧な支配者の姿で深雪の中の女を擽る。

深雪だって、本当はずっとずっと我慢していたのだ。誠司に抱かれたくてたまらなかった。あの太くて硬い肉棒でめちゃくちゃに突いて、掻き回して、虐めてもらいたかった。

そしてこの身体の中に、たっぷりと彼の愛を注いでもらいたかった。

深雪は、誠司に女として貪られることの快感をもう知ってしまっている。甘く蕩ける快感の記憶は、深雪をより従順な女にした。

誠司に求めてもらえるまで、深雪ははしたなく疼く女の身体を持て余し、〝いい子で待て〟をするほどに。

(誠司さんに……抱いてもらえる……)

それに誠司の言う通り、慎平はかなり酔っている。さっきも少し様子を見てきたけれど、かなり熟睡しているようだったし、きっと大丈夫。

深雪はとろんとした眼差しで、自分のパジャマのボタンに指を掛けた。誠司のあぐらの上に座ったまま、ボタンを一つ一つ外して脱ぎ落とす。ズボンとキャミソールも脱いで下着姿になると、今度は視線で全部脱ぐように命令された。

エアコンが適温になっているから肌寒いということはないが、自分だけが全裸で晒《さら》されるのはドキドキする。深雪はブラとショーツも脱いだ。

「できました」

誠司を見上げて報告する。彼は「よくできました」と深雪を褒めながら横抱きにして、ふっくらとした乳房を触ってきた。

「もう乳首を立たせてるんだ？　やらしいね」

ぷっくりとした乳首を人差し指でくにっと押し上げて、侮蔑の言葉を投げ付けられる。その言葉の裏には、「朝から抱かれたがっていたんだろ」と、深雪の気持ちを見抜いている誠司がいる。彼は柔らかな乳房の膨らみに頬擦りすると、ぱくっと乳首を口に含んだ。ねっとりと舌が動いて扱き吸う。

紳士的な誠司が、大人な誠司が、自分の乳房をくちゅくちゅと吸っている姿は、いつ見ても愛おしい。甘えてくれているのだと思うと嬉しいのだ。

「ぁんっ」

思わず甘い声が漏れて、慌てて口を手で塞ぐ。誠司はちゅぱっと音を立てて乳首を口から引き抜くと、深雪を見て微笑んだ。

「そうだね。声を出さないよう我慢しなさい。感じてる深雪の可愛い声が聞けないのは残念だけど、後藤くんに聞かせてあげる趣味なんて俺にはないからね」

小さく頷くと、誠司は顔を起こしてコツンと額を重ねてきた。

「なにしてもいいの？」

「はい……」

「そんなこと言ったら、きっとめちゃくちゃにしてしまうよ？　深雪が嫌がってもやめてあげられないかもしれない」

誠司が理性を飛ばして深雪を抱いたのは、プロポーズしてくれた前の日だけだろう。深雪の手首に縄の跡を付けてしまったことを、彼は悔いていたようだった。

愛虐行為がエスカレートすることを一番恐れているのは、他の誰でもない誠司自身だ。だから彼は彼なりにセーブして、深雪を愛してくれている。

でも深雪は思うのだ。彼の気持ちを全部受けとめてあげたい、と。

この人は不安だから縛るのだ。根っこにあるのは、「どこにも行かないで」という心の叫び。深雪がいくら言葉で「わたしはどこにも行きません」と言っても、過去に裏切られ、傷付けられてきた彼が、心から信じることはないだろう。経験で培ったものは、経験でしか上書きされない。だからこそ、深雪は縛らせてあげるのだ。

この人を愛しているから。

自分の中にあるこの人への愛を、胸を裂いて見せることができたらいいのに。だが、実際にそれはできない。縛らせてあげることこそが深雪の愛の証明なのだ。

「いいんです。わたしは、誠司さんにされることなら、なんでも幸せなんです」

「深雪は可愛いね」

彼は息を大きく吸い込んで深雪を抱きしめると、何度も頬擦りして、唇を合わせてきた。舌を絡めながら、乳房を揉みくちゃにされる。さっき吸われた乳首を強弱を付けて摘《つ》まれると、気持ちよくて白い身体がピクピクと震えた。

「ぁん……はぁはぁはぁはぁ……ぅ、んん……」

ゆっくりと唇が離れて、とろみを帯びた唾液が糸を引き、深雪の口の端を汚す。

深雪がとろんとした眼差しで見上げると、彼はいつものようにふんわりと微笑んだ。

「まずは目隠ししようか」

誠司はベッドサイドの引き出しを開けて、中から深いエンジ色の帯状の布を取り出した。シルク製の目隠しだ。アイマスクはズレてしまうことが多いから、ネクタイ状のタイプがいいというのが、誠司の弁である。この目隠しは目に当たる部分の布が二重になっていて、中に薄く綿が入っているから、目と鼻にありがちな隙間もきっちりと塞がれて視界が完全にゼロになるのだ。

誠司は深雪を自分の膝に座らせたまま、ゆっくりと深雪の視界を目隠しで奪う。なにも見えなくなった深雪を待っていたのは、蕩けるような甘いキスだった。

引き寄せられるがまま、吐息を交えて唇を何度も重ねる。その裏で誠司の指先は、器用にシルクの布を結んだ。

なにも見えない。でも、触れ合っている誠司のぬくもりがあるから不安はない。逆にドキドキしてしまう。自分はただ、この人に身体を任せていればいいのだ。そうしたら、たくさん愛してもらえる。

まだ触れられていないあそこが、早く挿れてほしいとはしたなく疼いた。

本気の彼に抱かれた経験があるからこそ、深雪はあのときの一体感を求めてしまう。

「深雪、俺のことが好きかい?」

頰を両手で包み込まれ、鼻の頭をツンと合わせながら囁かれる。

「好きです。誠司さん……すごく好き、大好きです。愛しています。わたしには誠司さんだけです……」

「ふふ。ありがとう、深雪。俺も愛してるよ。今夜は、深雪の身体をたっぷりと愉しませてもらうよ。縄で縛ってもいいかな?」

「はい……」

頷くと、「用意をするから、いい子で待っていなさい」と頭を撫でられ、誠司の膝からベッドに下ろされた。彼のぬくもりが離れてしまう。でも寂しくはない。目は塞がれていても、誠司の存在を感じることができるから。

深雪はベッドにぺたんと座って両手を膝の前に突き、〝いい子で待て〟の体勢に入った。

ベッドが軋んで、すぐ横から引き出しを開ける音がする。ベッドサイドから、誠司が麻縄を出しているのだろう。

（ああ……誠司さんに縛ってもらえる……）

待ちわびた身体がゾクゾクする。

誠司は深雪を縛ることを好むが、毎回ではない。結婚してから、麻縄では一度も縛られていない。縄の跡を付けてから以降の縛りは、ファー付きの手錠が主だった。彼が深雪の肌に跡を残したことを、どれだけ悔いたのかがわかる。

でも深雪は、手錠よりどちらかというと麻縄のほうが好きかもしれない。身体に縄が食い込む感触が、誠司の手で抱きしめられているようで好きなのだ。手錠にはその感覚がない。押さえられているだけだ。麻縄は誠司の第三の手になる。

誠司はベッドに戻ってくると、深雪の顎を持ち上げた。

「今日は、いつもと違う縛り方にしようか」

（違う？）

小さく首を傾げる。

違う縛り方と言われても、そもそも深雪は縛り方にどんな種類があるのかを知らないし、縛られているときも誠司にされるがままだから、実際に自分がどんなふうに縛られているのかもわからないのだ。ただ、後ろ手にだったり、手を上にした状態だったり、乳房の膨らみを強調するように縛られているのはわかる。

イマイチ呑み込めていない深雪の唇を撫でながら、誠司が耳に唇を寄せてきた。

「深雪の中に、俺のを挿れやすくする縛り方だよ――」

彼の甘い声がお腹の奥底に響いて、深雪の女の部分を刺激する。

どんなふうに縛られて、どんなふうに挿れてもらえるのだろう？

はしたなくも、期待する心がある。

「――どう？　縛られたい？」

「っ！」

耳の穴の中に舌先を挿れられてゾクッとする。見えない分、聴覚と触覚が敏感になってその両方を同時に刺激された形だ。

視界を奪われ、耳を嬲られながら、深雪は〝待て〟の体勢のまま声を震わせた。

「はい……縛って、ください……」

「深雪はおねだり上手だね。じゃあ、縛ってあげるから、座り方を変えてみようか。一度膝を抱えてごらん？　そう、体操座りするみたいにね」

誠司の指示に従って、両手で膝を抱える。すると、膝に置いた手を掴まれ、そのまま足首まで引き下ろされた。

「膝ではなく、自分で自分の足首を持ちなさい」

「こう、ですか？」

今までされたことのない指示に内心困惑しながらも、外側から足首を持つ。右手は右足首を、左手は左足首を、だ。すると、右手と摑んだ右足首を一つに纏めるようにして、ぐるっと縄が掛けられた。

（あ……足を……？）

足を縛られるのは初めてだ。しかも、手首と足首を合わせて縛られたら、当然、身動きは取れない。上半身だけや、手だけを縛られるときと全然違う。

「怖い？」

聞かれて深雪は小さく首を横に振った。

「怖くはないです」

だって誠司がいる。彼は深雪の頬をひと撫でして、今度は左手と左足首を縄でぐるっと拘束した。体操座りのまま拘束されるのは初めてだ。

（ドキドキする……）

いつもと違う縛り方だからだろうか？　それとも見えないからだろうか？　縛られた自分の姿を、誠司は今、見てくれている？

誠司が動く気配がした。耳に神経を集中させて、彼からの次の指示を待つ。

深雪がおとなしく待っていると、パサッと布が落ちるような音がした。

後ろからぎゅっと抱きしめられて身体が傾き、背中が彼の胸に付く。背中から伝わるその感触が、誠司が上半身を脱いだことを教えてくれる。触れ合う素肌のぬくもりに、身体が蕩けていく。深雪は力を抜いて彼に身体を預けた。

(あったかい)

抱き包まれているのが気持ちいい。誠司は深雪の胸の前で両手を交差させながら、耳のすぐ後ろで独り言ちた。

「深雪はこれで、どこにも行けないね」

強く抱きしめられて、「ああ、そうか」とようやくわかった。

足を縛られるということは、自力では歩けないということだ。今までの縛りはすべて、上半身だけや、手だけというもの。足はいつも自由だった。確かに動きにくくはあったけれど、その気になれば起き上がることも、立つことも、歩くことだってできた。でも今はできない。

深雪は誠司の腕の中に収まったまま首を懸命に反らせて、彼にすりすりと頬擦りした。

「どこにも行きません。わたしは誠司さんと一緒にいたいの」

「深雪はいつでも俺の望んでることを言ってくれるね。本当に大好きだよ」

彼は深雪の頬にちゅっちゅっと何度もキスをして、手足を縛った縄を撫でてきた。その手が深雪の肌の上を這い回り、足首からふくらはぎ、膝、太腿の外側から内側を通っていく。ガバッと膝を大きく左右に割り広げられて、ビクッと身体が強張る。手と繋がれた足を観音開《かんのんびら》きにされて、深雪は薄く頬を染めた。

いつも、抱えた脚を自分から広げておねだりしてきた深雪だけれど、こんなふうに固定された脚を広げられるのは、普段とは違う恥ずかしさがある。やっていることは同じことのはずなのに、縄で縛られているだけで、無理矢理脚を広げさせられているような強制力があるのだ。

「おや？　もうびしょびしょじゃないか。外まであふれてる」

「〜〜〜っ」

自分が身体を疼かせていた自覚があるだけに、悶絶してしまう。愛液をあふれさせたあそこを誠司に見られているのだと思うと、無性に脚を閉じたくなって、深雪は脚をもたつかせた。しかし、脚が閉じられない。後ろから抱きしめられているがために、肩を押さえられる形になり、手と繋がれた脚も一定以上は閉じられないのだ。手と足首を繋がれただけで、こんなふうになるなんて……

びしょびしょに濡れた蜜口が誠司の指で触られる。

見えなくても感覚でわかった。誠司の十本の指が、自分のあそこに群がっている。まるで指が十本全部別々の意思を持っているかのように、我先にと深雪の中に入ろうとするのだ。一本、二本、三本……同時には四本目の指まで入ってくる。

（こ、こんなにいっぱい、いっぱい指……どうしよう……気持ちいい）

蕾も同時に弄《いじ》られながら、左右の指を二本ずつ挿れられる被虐感がたまらない。掻き回しながら出ていった指が、今度は違う指と一緒に入ってくる。

花弁を左右に広げられ、びしょびしょに濡れた女の穴が、次から次に指で犯されていく。見えない分、それは生々しい想像を生む。

「はぁはぁはぁはぁ……ん、はぁはぁ……はぁはぁぁあ……」

ぬぷぬぷとはしたない音をさせながら、深雪の腰は自然に動いていた。

「あーあ。腰振ったりして。誰がそんなことしていいなんて言った？」

呆れた口調で詰られて、恥ずかしさに拍車がかかる。

「ご、ごめんなさい……」

ぷるぷると震えながら深雪が謝ると、更に蜜路に指を二本、押し込まれる。

ずぼずぼと指を出し挿れしながら、誠司が耳元で囁いてきた。

「普段はとってもおとなしいのに、ベッドではこんなに淫乱だなんて。深雪は悪い子だな。なんだこれは？」

「ごめんなさい、ごめんなさい、誠司さん。悪い子でごめんなさい……」

彼は蜜路に埋めたのとは反対の指先で蕾をピンと弾くと、じゅぽっと指を引き抜いた。

「深雪は本当に可愛いね。俺はちゃんとわかってるよ。朝からセックスしてもらいたかったのに、ずっと我慢していたんだよね？　いい子で待っていたんだよね？　偉いね。可愛い。大好きだよ。愛してる」

ぎゅっと抱きしめられて、「ああ――」と安心した声が漏れる。

さっきは詰られたのに、今度は褒められる。そのことに頭は混乱するけれど、身体はますます濡れてしまう。

「はしたない深雪でも愛してるよ」と、全肯定されている気分になるのだ。

誠司に褒めてもらえると嬉しい。でも誠司に叱られたい。矛盾しているのに両立してしまう不思議な気持ちだ。

すぐに濡れてしまう身体は、はしたない。深雪は誠司に無理矢理挿れられても、すぐに感じて濡れてしまう。しかしそれは、誠司に何度も抱かれて、快楽と、身体ごと愛される女の悦びを教え込まれた結果だ。

でもそれは言い訳。すぐに感じて濡れてしまうなんて、女としてははしたないことには変わりない。だから自分は悪い子。悪い子にもかかわらず、誠司は深雪を愛してくれる。

こんな自分を愛してくれるのは、誠司だけ……。

どんな自分でも誠司だけは必ず愛してくれる――この安心感は言葉にできない。だから深雪も、どんな誠司でも愛したい。彼から受ける愛虐も歓んで受け入れたい。

自分たちは、お互いに心も身体も曝け出して、受け入れ合っているのだ。

「誠司さん……欲しいの……」

あなたが欲しい。もう、ずっと我慢していた。誠司が欲しくて欲しくてたまらない。そんな深雪の気持ちを、彼もわかってくれている。

身動きのとれない身体で懇願すると、つーっと太腿の内側を撫でられた。

「どうやら俺は、おねだり上手なプレゼントを貰ってしまったみたいだね」

クスクスと笑われて、我に返る。

(そうだ。わたし、誠司さんの好きにしてください、って言ったのに)

プレゼントが自分からおねだりするなんて。誠司の欲求を満たしたい気持ちが、いつの間にか自分の欲求を満たすことにすり替わっていた。自分の淫らさを突き付けられたようで、猛烈に恥ずかしくなる。

「ごめんなさい。わたし、わたし——」

いつからこんなふうになってしまったのだろう? じわっと涙ぐんだのだが、目隠しがすぐに吸い取ってしまう。すると、誠司が耳の縁を舐めながら囁いてきた。

「深雪。俺が、深雪の身体でどこが一番好きだと思う?」

わからない。そんなこと、考えてもみなかった。けれども最初の頃、乳房の形や柔らかさや、乳首の色を褒めてもらったことを思い出す。

「胸?」

「残念。もちろん大きくて柔らかい深雪の胸も大好きだけど、一番は違うかな」

じゃあ、どこだろう？　深雪が首を傾げると、なんの前触れもなく、蜜口に冷たくて硬い物が押し充てられた。過去、何度もそれで嬲られてきただけに、それがなにか、見えなくてもわかる。

バイブだ。深雪を責め立て、弄ぶための玩具。

またあれで狂うほど虐められるのかと思うと、深雪の身体は緊張で強張る。縛られた手のひらに、じわりと汗をかいた。

「俺が深雪の身体で一番好きなのは、深雪の中だよ」

緊張している中で、色気たっぷりの声で囁かれ背筋がゾクッとする。誠司はバイブの先で敏感な蕾をくにくにと押しながら言葉を続けた。

「ヒダヒダがたくさんあって、俺に甘えるみたいに絡まりついてくるんだ。焦らせば焦らすほど吸いつきがよくなる。俺がイチから仕込んだ最高の身体だからね」

「――――っ！」

ぐじゅっ！　と、バイブを蜜口に一気に押し込まれ声が上がりそうになる口を、大きな手で塞がれる。思わず手が彷徨《さまよ》うが、肩口を押さえられてまともに動けない。足首と繋がれた縄が軋むだけだ。

脚を広げた恥ずかしい格好で、バイブをねっとりと出し挿れされ、責められた蜜口がヒクヒクしてしまう。

「あっさり奥まで入ったね。昨日もしてあげたのに、こんなにびしょびしょになって」

「んーっ、んーっ！　んんん〜〜〜っ！」

口を塞がれ、声にならない声を上げる。ずぶずぶと深い処まで挿れられて身体が勝手に反応してしまうのだ。悦んでしまう。

脚を閉じたくてもできなくて、深雪は腰をくねらせながら身悶えるしかない。

女を弄ぶために作られた歪な膨らみが、お腹の裏側にある気持ちのいい処をゴシゴシと擦ってくる。

（ううう……そ、そこは……だめぇ……きもちぃぃの、誠司さんじゃないのに、誠司さんがいいのに、やだぁ、きもちいいよぉ……）

今度はズンズンと奥を突かれて、塞がれた口で悲鳴を上げる。が、誠司は深雪の頬にキスをしながら、バイブのスイッチを入れた。

「ひゃっ！」

モーターが回り、シリコンの先が回転をはじめる。膣肉を三六〇度擦り回され、気持ちよくて腰がガクガクしてしまう。

「う〜〜〜っ！」

「俺の大切な深雪がバイブで犯されているのを見ると、妬けるのに興奮するよ」

ずぼずぼと淫具が出し挿れされる。

手足を縛られ、視界と声を塞がれた深雪が、淫具で犯されている姿を見て、誠司は興奮してくれているのか。でも、深雪が身体を縛られて許せるのも、淫具で犯されて許せるのも、するのが誠司だからだ。

（あなたになら、なにをされてもいいの……）

深雪は自分の口を塞ぐ彼の手のひらを舌先で舐めた。

肌の味が舌先にピリッと刺激を送る。

「おやおや、俺の指を舐めたいのかい？　こんなことは教えた覚えはないんだけどねぇ？

ふふ、可愛いからまぁいいか。ほら、舐めなさい」

そう言って笑いながらも誠司は深雪に指を舐めさせる。

小さく舌を出して、ぺろぺろと誠司の指を舐めさせてもらいながら、深雪は朧気に思っていた。

（誠司さんのお顔、見たいな）

きっと、深雪が好きなあの仄暗い眼差しをしてるに違いない。深雪しか映さないあの目に、この痴態を見られているのだと思うと、ドキドキしてくる。こんなにえっちで恥ずかしい姿――

「はぁはぁ、はぁはぁ……誠司さん好き……はぁはぁ、はぁはぁ……好き、好きです……」

「そんなに俺が好きかい？　嬉しいことを言ってくれるこの口に、酷いことしてあげたくなるね」

　なにをしてもらえるかはわからないけれど、誠司がしてくれることなら、深雪はきっと気持ちよくなってしまうだろう。バイブを嫌がりながらも、気持ちよくて本心から抵抗できない今のように。

「誠司さん……お願いです、キスしてください……」

「いいよ」

　指の代わりに唇を与えてもらい、ホッと息をつく。舌の付け根から先まで丁寧に舐め上げられて、軽く吸い上げてもらう。

（ああ……キス、気持ちいい……）

　深雪に酷いことをするなんて嘘だ。彼のキスはこんなにも優しい。初めての頃となにも変わらない。深雪を蕩けさせてくれる。

　深雪が本当に望むものを誠司はくれる。意地悪で我慢させられることもあるけれど、最後には必ずくれるのだ。それはこの人が優しいから。

（誠司さん……好き……）

　深雪が気持ちのいいキスに酔いしれていると、突然、バイブを抜き差しするスピードが速まった。

「っ⁉」

（ああっ！　だめ！　そ、そんなにしちゃ！　だめ、そんな、ああっ！　いっちゃう！）

ブーブーというモーター音と同時に、ぶちゅぶちゅっと愛液の飛び散る破廉恥な音がする。誠司は、回転する淫具で膣内を掻き回しながら抜き差ししてきた。その抉り抜く快感は、深雪に「これからもっと気持ちよくなれる」という期待をさせる。

深雪はもう学習してしまっているのだ。誠司から貰えるものがなんなのか、を。

「あ……あひ、ううう……」

呼吸が乱れて、嗚咽がこぼれる。責め立ててくる淫具から逃れようと身を捩るが、かえって奥まで挿れられる。

「さっき、深雪の中が好きって話をしたろう？　特にいいのは深雪がいった直後なんだよ。最高の締まりなんだ。痙攣しながら吸引するみたいに俺を引き込んで、離してくれない。でも奥を連続して突くと、愛液がどんどんあふれてくるからスムーズに動ける。出し挿れするたびに、ぐちょぐちょになったヒダが俺の気持ちいい処に絡んでくるんだ――」

誠司の声は、深雪に愛を囁いてくれるときと同じく甘い。ゆっくりと言葉を区切って、深雪に言い聞かせるように、快感に溺れた女の身体がどうなっているのかを説明しながら、蜜口に埋まった物を乱暴に抜き差しする。

気持ちいい。このままでは誠司以外の物でいかされてしまう。それは嫌だ。誠司にいかされたい。我慢しなければと思うたびに、蜜路がぎゅっぎゅっと締まって、それがまたバイブとの摩擦を強くしてしまう。

「はぁあん、んは……く、はう……やだ……バイブは……ううう、もう、だ、め……」

塞がれてなにも見えないはずの視界が白くチカチカと瞬いて、深雪を呑み込む。

「――今日はバイブ責めのあとの深雪を、思う存分堪能させてもらおうかな」

誠司は深雪の目を塞いだ布の結び目を引っ張ると、唇を微かに触れ合わせてきた。

「いけ」

「ひぅ！」

快楽に堕ちた深雪が腰を跳ねさせるのと同時に、バイブがじゅぽっと引き抜かれる。そのときの荒々しい摩擦が、また深雪の身体に電流を走らせ――

「ああ――――！」

誠司に凭れていた背中がぐっと前に押される。が、そのままベッドに顔を打つことにはならなかった。誠司が後ろから、深雪の口を塞いだから。深雪は誠司に支えられながら、ゆっくりとベッドに前のめりになった。

「はぁはぁはぁはぁはぁはぁ」

速く短く、過呼吸気味になりながら、ビクビクと身体を痙攣させる。

（バイブ、好きじゃないのに……好きじゃないのに、いっちゃった……恥ずかしい……）

顔から胸をベッドに付け、膝を突いた状態で腰を折り曲げ、お尻だけを高く上げさせられる。愛液がダラダラと滴る処が丸見え……。だが、未《いま》だ快楽の余韻に翻弄されている深雪は、自分がどんな破廉恥な格好をさせられているのか、気付く余裕がない。

「可愛い」

誠司は深雪の口から手を離してお尻をまあるく撫でると、今しがたまで淫具を咥えさせていた蜜口に、ずぶっと漲りを捻じ込んできた。

「ああっ！」

パンパンパンパンパンパンパン！

いきなり叩きつけるような抽送がはじまって、目を剝いて悲鳴を上げた。バイブ責めを受けて痙攣した膣が、誠司の容赦ないセックスで貫かれる。

（あ、すごい、すごいの！　こんな……ああっ、おかしくなっちゃうぅ！）

本能的にベッドに縋ろうと手を動かしたが、自分の足に繫がれていて微動だにしない。バックから挿れられるのは初めてではないのに、この体勢は動物的な四つん這いより不自然だ。手足が縛られているせいで、腰を引くことも、うつ伏せにベッドに崩れ落ちることもできない。

不意に、誠司が言った「深雪の中に、俺のを挿れやすくする縛り方」というのが思い出された。

そうか、これは誠司に挿れてもらうためだけの格好——四つん這いはまだ逃げられるが、この体勢は逃げられない。誠司が満足するまで……

この状況に興奮する。今自分は、彼の男としての欲望を全部受けとめているのだ。誠司がこんなに激しくするのも、深雪がどこにも行かないことを確認するため……

挿れて擦られるのはバイブで弄ばれたときと同じなのに、生身の肉の引っ掛かりと、脈打つ熱が深雪の中を蹂躙していく。奥を集中的に突かれるのが気持ちよくて、もうそれ以外考えられない。汗がぶわっと噴き出した。

「ああっ！　ひ！　ああっ！　あぅ！　ああっ！　ゃぁあああ！」

「深雪。静かにしなさい。できないなら、やめるよ？」

優しい声だがぴしゃりと言われて、揺さぶられながら必死に唇を噛む。やめてほしくなんかなかった。やっと誠司と一つになれたのだから。もっとしてほしい。誠司に、この身体で気持ちよくなってほしかった。

「ふー、ふー、ううう……ぐ……ふー、ふー」

声を抑えると、誠司に背中をなぞられる。

「そのまま我慢していなさい。たっぷり可愛がってあげるから」

もっと愛してもらえることを期待して、深雪は頷いた。が、その期待を裏切るように、誠司は漲りを引き抜いたのだ。

「えっ――はぅッ!?」

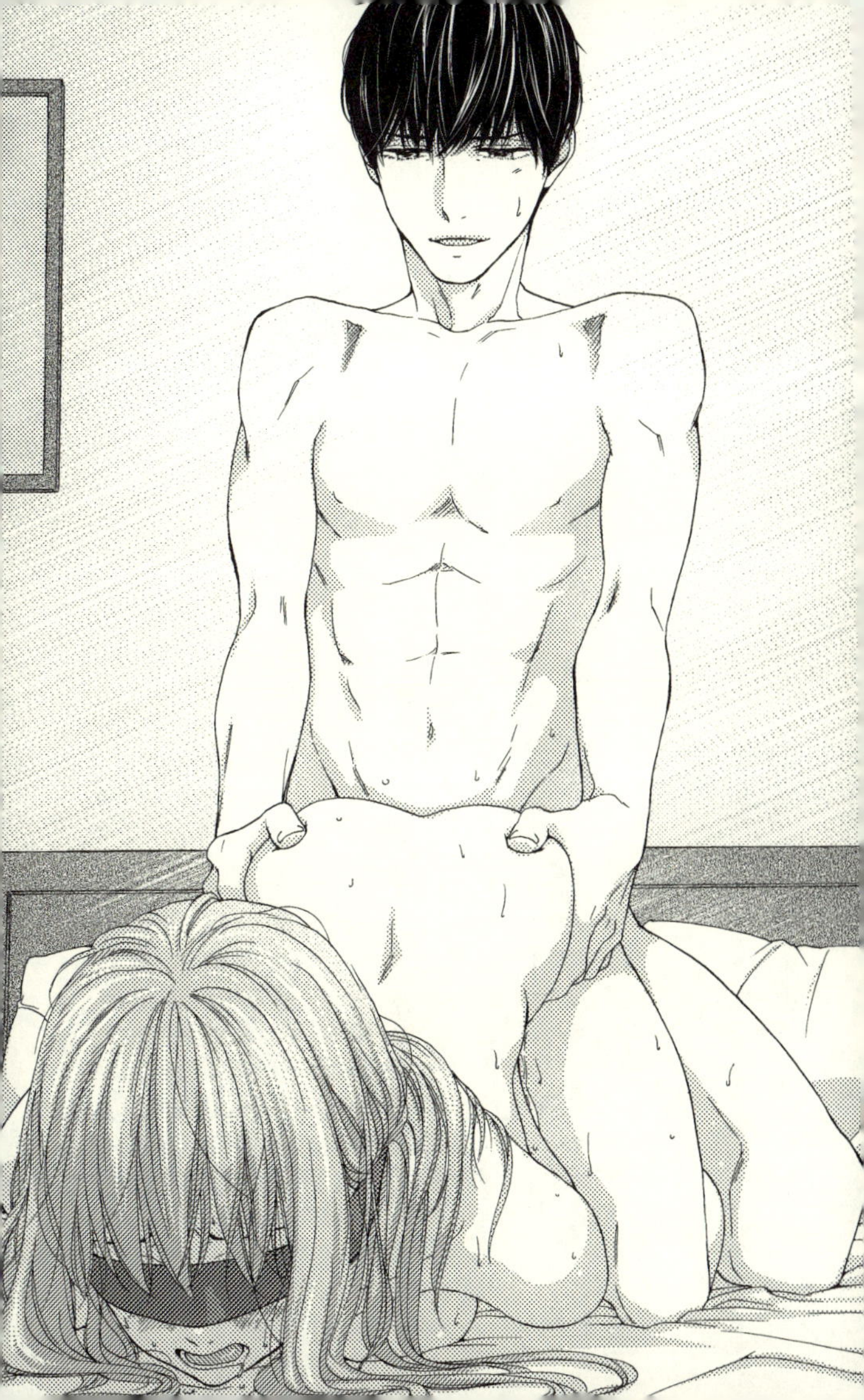

悲しみに暮れる穴に再びバイブを挿れられる。バイブ自体が回転しているのに、更に円を描くように中を掻き混ぜられて、気が遠くなる。その不規則な動きが、深雪を内側から虐めるのだ。

「ううう……どうして……？」

「バイブでいったらまた俺のを挿れてあげる。今日は深雪の中を堪能させてもらうって言っただろう？　今日は我慢せずに好きに感じなさい。俺が挿れたくなるようにね」

なんて酷い男なんだろう。彼は自分に捧げられた深雪をバイブでいかせ、膣を強制的に痙攣させてから、その締まりを愉しもうというのか。でもこれが、誠司と繫がるための下準備と言われたなら、深雪は耐えるしかない。誠司以外の物に犯されることがどんなに屈辱でも、気持ちよくなれば、誠司が中に入ってきてくれるということだから。

「我慢しなくていいって言った途端にこれかい？　美味しそうにしゃぶって……」

「やぁ……み、みないで……う、あ……はぁあんっ、おねがい、みないでくださぃ」

震える声で懇願する。

「嘘吐き。本当は俺に見られて感じてるくせに。いつもよりいくペースが速いよ」

「～～～っ」

恥ずかしいことに、誠司の言う通り、いつもより感じてしまう。手足を拘束されているから？　目隠しされているから？　それとも、お尻を突き出す恥辱的なポーズのせい？

誠司以外の物を挿れられているから?

たぶんどれも正解なんだろう。しかし一番は、「感じた身体を差し出せ」と要求されていることが、深雪の被虐心を擽っているのかもしれない。誠司の思うがままに弄ばれているのに、気持ちよくて逆らえない。嘲笑う言葉さえも、深雪を感じさせる。

「深雪はバイブと交互に挿れるのが大好きなんだね。いいよ、バイブ責めが大好きな深雪も許してあげる。愛してるからね。——他の男と浮気したら絶対に許さないけど。ふふ」

誠司は妖しく笑いながら、深雪の奥をバイブで遠慮なく突いた。ごつごつしたシリコンの塊に子宮を揺らされ、不本意ながらも感じてしまう。浮気なんかあり得ない。こんなことをされても、誠司が好きで好きでたまらないのだから。そう、彼の言う通り。深雪の身体は誠司専用。

バイブ責めは屈辱的なのに、気持ちいい。恥ずかしい姿を曝け出すことに、身体が悦びを見出してしまう。

(もぉ、だめ……きもちいい、きもちいい、こんな、いく……あぁ、いくいくいく——)

自由を奪われたまま、深雪はまたバイブで無理矢理いかされた。

「あはぁうううう——んっ!」

堪えきれずに嬌声を上げた直後にバイブを引き抜かれ、また生の漲りを捻じ込まれる。深雪は全身を痙攣させせた。

休憩なんてさせてもらえない。深雪のあそこはバイブと肉棒を代わる代わる挿れられ、ずっと犯されっぱなしだ。手首と繋がれた脚を肩幅まで開かされて、包皮を剝いた蕾を捏ね回される。強い刺激に、腰が勝手に揺れてしまう。

「あ、あ、あ、ああ、あ、あ、あ——」

「気持ちいい。あったかくてすごく締まる。いいねぇ……最高だ」

奥まで挿れて痙攣する膣の締まりを愉しみつつ、誠司が声を漏らす。

「ふふ。深雪はいつも可愛いけれど、俺に挿れられてる最中が一番可愛いね。ほら、『犯してください』ってお願いしてごらん？　そうしたら中出ししてあげるよ」

「あ、あっ、んっ、お、か……ひ、——はうっ、ああんっ！」

命令されて、猛烈な被虐感に身を震わせたとき、深雪の太腿の内側を、ダラダラと快液が伝った。その液は、誠司が深雪の中を擦るたびに、挿れられた穴から漏れ出てくる。

「あ、あ、あ、あ——……」

「おやおや、潮まで吹いて。いきっぱなしに入ったかな？　じゃあ、バイブはもう必要ないね。ちゃんと言えてなかったけど、いい具合いになったご褒美に中出ししてあげよう」

そう笑った誠司は、崩れ落ちそうになる深雪の尻肉を両手で摑み、激しく腰を打ち付けてきた。

「ああ——……ああ——……」

誠司のリズムで出し挿れされるたびに、蜜口からははしたない音が響く。張り出した雁首が、中にたまった愛液を外に掻き出すのだ。手前から奥に、奥から手前に。痙攣し続ける蜜路を隙間なく埋められ、擦られ、子宮口をズンズンと突き上げられて、意識が飛ぶ。深雪はベッドに突っ伏したまま、口を開けて涎を垂らした。身体に力が入らない。

（……きもちいい……）

朦朧とした頭では、それしか考えられない。

快感は、羞恥心も屈辱も、いとも簡単に凌駕する。

「出すよ」

誠司が小さく囁いたその数秒後、深雪の中、奥深くに熱い射液が注ぎ込まれた。お尻を突き上げている格好のせいで、子宮の中に精液が流れ込んでくるような、奇妙な興奮に襲われる。

「ああ――……」

肉棒を勢いよく引き抜かれた深雪は、ドサッとベッドに倒れた。

「はぁはぁはぁ……はぁはぁはぁ……う……はぁはぁはぁ……あああ――……」

全身がビクビクと痙攣してやまない。こんなの気持ちよすぎる。頭のてっぺんからつま先まで、全身が快感に包まれているみたいだ。腫れぼったくなった蜜口から、白濁した残滓が時間差であふれてくる。その感覚にさえゾクゾクした。

「深雪」

肩で息をする深雪に、誠司が上から覆い被さってきた。乳房をやわやわと揉みながら頬にキスをして、耳を食む。そんな些細な刺激にも絶頂を味わったばかりの身体は、敏感に反応してしまう。

「はうっ」

声を漏らす深雪の乳房を揉みながら、誠司が囁く。

「愛してる」

本当に小さな声だったけれど、耳に直接吹き込まれたから聞こえた。たったひと言が深雪の胸に染み込んで、広がって、満たしていく。

誠司は揉みしだいた乳房に頬を寄せ、硬くしこった乳首を吸い上げてきた。

「あんっ！」

横からまた硬い物を挿れられたのだ。彼は乳首をちゅぱちゅぱと舐めしゃぶりながら、深雪の腰を押さえ、今度は恥骨を擦りつけるようなスローな動きで中を何度か掻き回すと、じゅぽっと引き抜いた。

「ごめんね、意地悪して」

耳に唇を押し付け、深雪にだけにしか聞こえない小さな声で、何度も囁かれる。その声はさっきまでの支配者のそれとは違い、甘くて切ない。しかし、「ごめんね」と謝りながら彼は、また深雪の中に入ってきた。すごく硬い。

（あ、あ……気持ちいい……こんな、すごい……）

愛液と射液でぐっちょりと濡れた蜜路を何度か往復して、全部を引き抜く。手足を縛っていた縄を一本解くと、彼は深雪を仰向けにした。そして上から覆い被さり、また中に入ってくる。

「あぁ……誠司、さん……」

「深雪、愛してるよ」

囁きながら抱きしめられる。彼は腰を上下に擦りつけるように動きつつ、深雪の唇を塞ぐのだ。

こんなのたまらない。蕾に刺激が走る。それ以上に、愛液と射液でとろとろになった蜜路は敏感なのに、挿れられたと思ったら、全部引き抜かれて、また挿れられて、擦られて、また全部引き抜かれる。それはまるで、自分はいつでも深雪の中に入れるのだと言いたげな抽送だ。なんて意地悪な人。深雪をどこまで虜にすれば気が済むのだろう？

バイブと肉棒を交互に挿れられる激しいセックスで弄ばれた深雪の身体に、ねっとりとした快感だけが纏わり付く。

誠司は残っていたもう一方の縄も解くと、深雪の視界を覆っていた布を取った。

「っ」

天井の電気が明るすぎて、目がくらむ。忘れていた。電気はそのままだったのだ。

(……全部、見られちゃった……)

「可愛い。本当に可愛い。どうしてこんなに可愛いのかなぁ、この子は……」

両手で顔を撫で回されて、何度も啄《ついば》むように頬にキスされる。

「深雪、最高のプレゼントだったよ。ありがとう」

やっと会えた誠司の優しい微笑みに、きゅんっと胸がときめいた。

(ああ……)

この人に自分を捧げてよかった。たくさん過激なことをされて、身体を弄ばれたはずなのに、深雪に残るのは至福の歓びだ。

「誠司さん……」

整わない息のまま、縄を解かれた両手を誠司の背中に回す。すると、彼も同じように深雪の背中に両手を回してくれた。火照る身体と、彼の重みが気持ちいい。

「愛してる。俺には深雪だけだ」

「わたしも、愛しています……。誠司さんだけ……」

幸せだ。すごく愛されている。だって、見つめてくれる誠司の目には、深雪しか映っていない。こんなに優しい眼差しをくれる人を深雪は彼以外に知らない。

抱き合って、舌を絡めるキスをして、奥をぐっと貫かれ、見つめ合ってまたキスを交わす。

上からも下からも誠司が深雪の中に入ってくる。

もう縛られてはいないのに、深雪は自分から脚を開いていた。

繰り返し聞こえるのは甘い囁き。

感じた深雪が目を閉じたとき、お腹の中に二度目の射液を注がれた。

◆　◇　◆

翌、日曜日――

いつもの時間に設定したスマートフォンのアラームが鳴る少し前に、深雪は気怠いながらも目を開けた。

（……寒い……）

隣に誠司がいない。いつも深雪を抱きしめてくれているはずなのに。不安になってモゾモゾと身体を起こす。

寝ぼけ眼で辺りを見回すと、ベッドの横でセーターを頭から被ろうとしている最中の彼を見つけた。どうやらパジャマから部屋着に着替え中だったらしい。

「あ。起きた？　おはよう、深雪」

ベッドの縁に片膝を載せた誠司に、ちゅっと額に口付けられる。

「おはようございます」

言いながら、深雪はベッドから降りて彼の腰に抱きついた。

「ん？　どうしたの？」

「ん〜ん」

頭を撫でながら聞かれるが、特に理由はない。深雪はただ、大好きな誠司にくっつきたかったからそうしただけなのだ。ゴシゴシと彼の胸元に額を擦りつける。

あったかくていい匂いがする。彼の姿がほんのちょっと見えなかっただけで不安になるのに、今はもう安心している。誠司は笑いながらぎゅっと抱きしめてくれた。

「こらこら、甘えん坊だなぁ。後藤くんの様子を見たほうがいいんじゃないかい？　二日酔いでグロッキーになってないといいけど」

「あ！」

そうだった。昨日、飲み過ぎた慎平がリビングで寝ているんだった。慎平が泊まっていることなんて、今の今まで深雪の頭からはすっかり抜けていたのだ。なんて薄情な……もしかして誠司が早起きしたのも、慎平の様子を見るためだったのかもしれない。

（だって、誠司さんが昨日、あんなえっちするから……）

久しぶりに麻縄で縛ってもらった。あんなに激しくて、気持ちよくて、愛情たっぷりのセックスをされたら、なにもかも頭から吹き飛んでしまうに決まっている。心と身体の全部を征服してもらえる幸せなコト。

昨夜の快感を思い出して顔に熱が上がった。

「わたし、慎くんの様子を見てきます！」

慌てた深雪は、羞恥心を誤魔化すように、もこもこのスリッパに足を差し込むと、パジャマのまま寝室を出た。

パタパタとリビングに入りながら、慎平に声をかける。

「慎くん、おはよ～。起きてる？　具合いどう？」

「っ！」

「わっ！」

突然、慎平が上体を跳ね起こしたものだから、既にソファにだいぶ近付いていた深雪は、びっくりしてしまった。

「み、深雪……」

そう呟くように深雪の名前を呼んだ慎平の顔は青白い。

（あ。すごく具合い悪そう）

これは二日酔い決定で間違いないのでは？　昨日はあんなに溌剌《はつらつ》としていた幼馴染みのゲッソリ具合いが、見ていて可哀想になってくる。美味しいからと言って飲み過ぎるからだ。ワインもウイスキーも、アルコール度数の高いお酒なのに。

「慎くん、大丈夫？　頭痛いとかある？　吐き気は？」

足元のラグに膝を付いて、ソファの上で固まっている慎平を見上げる。

慎平はなにも言わない。近くで見ると目が血走っていることに気付く。余程具合いが悪いのだろうか？　もしかすると、飲み過ぎて昨日のことを覚えていないのかも。

「慎くん、昨日のこと覚えてる？　酔っ払って、ケーキを食べる前に寝ちゃったんだよ」

再度、慎平に話しかけた深雪の肩に、背後からふわっとカーディガンが掛けられた。

「深雪。今日は冷えるから羽織っておきなさい」

誠司だ。パジャマのまま出てきた深雪のために、寝室からわざわざ持ってきてくれたらしい。優しい人だ。

「ありがとうございます、誠司さん」

「ん。──後藤くん、大丈夫かい？」

深雪の肩に手を添えて、誠司が後ろから覗き込んでくる。だが慎平は、心配してくれている誠司からさっと視線を外して、慌てたようにソファから立ち上がった。

「……あの、俺、帰ります。スミマセン」

明らかに具合いが悪そうなのに。彼が落とした布団を拾いつつ立ち上がった深雪は、さすがに心配で眉を寄せた。

「慎くん、もうちょっと休んでいったら？　顔色悪いよ。二日酔いのときは……えーっと、お味噌汁――でしたよね？」

答えを聞くように背後の誠司を見ると、「そうだね。味噌汁もいいね。スポーツドリンクもいいよ」と教えてくれる。

生憎《あいにく》、この家にはスポーツドリンクやジュース類のストックはない。今、一番用意しやすいのが味噌汁だった。

「気を使わないでいいよ？　どうせ朝ご飯用意するんだし。わたし、お味噌汁作るよ？――慎くんも一緒にいいですよね？　誠司さん」

確認すると、誠司はいつもと同じ優しい顔で頷いてくれる。

「もちろんだよ。後藤くんも食べていくといい。ゆっくり身体を休めて――」

「いや、いい……です。帰ります」

慎平は誠司の声を遮るようにポールハンガーから自分のダウンジャケットを引ったくると、深雪の顔も見ないでスッと横を通り過ぎた。そしてそのままリビングを出て、真っ直ぐ玄関に向かう。

深雪は慌てて彼を追った。誠司もあとから付いてくる。

「慎くん、動いて大丈夫なの？」

「後藤くん。帰るなら、俺が駅まで送ろうか」

誠司も心配して声をかけるが、慎平は首を横に振るばかりだ。

「いいです。ガキじゃないんで。じゃ、お邪魔しました」

パタン――

閉まった玄関の前で呆然としてしまう。あんなに具合いが悪そうなのに、一人で帰って大丈夫なんだろうか？　しかし、あれだけ拒絶されてしまうと、深雪としてもどうすればいいのかわからない。

「大丈夫だよ」

優しく両肩に手を添えられて振り向くと、穏やかに微笑んでいる誠司と目が合った。

「ちゃんと歩けていたしね。具合いが悪くて休みたいからこそ帰ったのかもしれないし。子供じゃないって、本人も言ってたろう？」

確かに。自分だったら――と考えてみると、ちょっと納得できる。まったく動けないほど具合いが悪いのなら諦めもつくが、動けるのなら自分の醜態を晒《さら》したいとは思わないだろう。二日酔いともなれば、吐くかもしれない。迷惑をかけたくない思いが強ければ強いほど、さっさと帰りたくなる。

「でも……水臭いです」

頭ではわかっているのだが、なにも知らぬ仲でもあるまいし、頼ってくれてもいいのにとも思う。誠司だって、具合いの悪い人を放り出すような人で無しではない。部下の中川が新人歓迎会で飲み過ぎて嘔吐したときには、後始末をしてやったり、家まで送ったりするくらい面倒見のいい人なのだから。

「後藤くんは、深雪が困ったら助けてやりたいって気持ちはあっても、逆に助けられるのは嫌なのかもね。男のプライドとか、意地とか……まぁ、わからないでもないかな」

彼は笑いながら玄関の鍵を閉めた。

「そっか……」

誠司が言うのなら、そうなのだろう。

慎平は深雪より年上だし、「深雪を心配して」来た手前、強がってしまうのも無理はないのかもしれない。そう深雪は納得して、自分の気持ちを収めた。

「じゃあ、朝ご飯作りますね」

そう言って踵を返した途端、深雪は背後からふわっと抱きしめられた。

「ねぇ、深雪。今日は二人っきりで過ごそうか。家から出ないで、ずーっと」

首筋に唇を当てながら、誠司が囁く。肌を薄く吸われてちろっと舐められたら、すごく気持ちいい。そしてドキドキする。まるでイケナイコトをしているような、そんな気分。

「はい……」

深雪は誠司に促されるまま、部屋の奥へと戻った。

第十章　離さないでください

「あら～！　温泉に行ってきたの？」

新年明けての仕事はじめの日。朝礼のチャイムが鳴る前に、誠司と深雪は第二営業部のみんなに旅行のお土産であるアップルパイを配っていた。年末には中川企画のもと行われた結婚披露宴の二次会でみんなに祝ってもらったので、そのお礼も兼ねている。

「温泉でアップルパイって珍しいわね」

甘いものには目がない女性社員たちが、続々と集まって列を作る。

「はいっ。結構新しめの温泉で、すっごくお洒落でした」

誠司が深雪に内緒で計画していた正月の温泉旅行。慎平のうっかりでバラされるというハプニングはあったものの、両親も一緒のこの旅行を深雪はずっと楽しみにしていた。

レンタカーを借りて向かった先は、自然に囲まれたロッジ風の温泉宿。麓《ふもと》には昔から林《りん》檎《ご》の果樹園があり、そこで採《と》れた林檎を使ったアップルパイが、この温泉宿の名物となっている。近くの牧場では、ソーセージ作りを体験することもできた。

気持ちのいい温泉と、美味しいご飯。上げ膳据え膳で寛いで、まったりと過ごす。誠司に愛され、幸せいっぱいの深雪を見た両親は、ますます誠司のことを気に入ってくれたように思う。結婚式では号泣していた父親も、終始笑顔だった。

「旅館で食べた晩ご飯のデザートに出てきたんですけれど、とっても美味しかったので、皆《みな》さんにも食べてもらいたいな~と思って！」

アップルパイ自体は賞味期限が四日と短いから、仕事はじめに合わせて昨日、旅館から送ってもらったのだ。

にこにこしながら深雪が差し出すと、みんな「珍しい~」「美味しそう」「今日のおやつにするね」「ありがとう」と口々に言って持っていってくれた。

「あ、中川くん！　中川くんにはこっちもあるの！」

女性社員たちの群れに紛れた中川の姿を見つけて呼びとめる。中川は自分の顔を指差して、「僕ですか?」と、きょとんと目を瞬いた。

「中川。結婚披露宴の二次会の企画と幹事、ありがとう」

深雪の後ろにいた誠司が、深雪の肩に両手を置いて中川にお礼を言う。深雪も誠司に倣って中川に「ありがとう」と言って、マチ幅の広い紙袋を手渡した。

「ええっ、いただいちゃっていいんですか？」

「もちろんだよ。これね、主任が選んだの。シューケア用品だって。よかったら使って」

「うわ～ありがとうございます！　こういうの欲しかったんです！　でもどれ使えばいいのかわからなくて……助かります！」

営業一年生の中川にと、誠司が選んだシューケア用品はどうやら喜んでもらえたらしい。

「俺も使ってるやつだから、使い方がわからないときは、聞いてくれれば教えるよ」

「ホントですか！　ありがとうございます！　主任とお揃い、やったぁ！」

中川は、誠司も使っている物と同じ物を貰ったのが余程嬉しかったのか、子犬のように大はしゃぎをしている。

（中川くん、本当に誠司さんのこと大好きなんだなぁ）

微笑ましくって思わずほっこりしてしまう。そこに、ちょっと遅れて出勤してきた宇佐美が「え、なになに？　これなんの列？」と辺りを見回した。

「あ、宇佐美先輩だ。隠そ」

中川は、貰ったばかりのシューケア用品が入った紙袋を自分の背中に隠して、蟹《かに》歩きで避難している。彼は新人歓迎会のときに宇佐美に飲まされすぎたせいで嘔吐して以来、すっかり宇佐美が苦手になっているようなのだ。代わりに、介抱してくれた誠司のことをものすごく尊敬しているのが見てわかる。

（確かに、宇佐美さんに見つかったら、『なんで中川だけ！』って言いそう）

ありありと想像できる。深雪はクスッと笑って、宇佐美にアップルパイを手渡した。

「おはようございます、宇佐美さん。旅行に行ってきたのでお土産を配っていたんです」

「おお！　新婚旅行？」

「いえ、新婚旅行は五月に行くので。違う旅行です」

「へぇ～。高田さんと主任。幸せそうでいいな～。俺も彼女欲しい～。結婚したい～」

「朝飯食ってなかったからちょうどいいや」と言いながら彼はその場で袋を開けると、アップルパイをむしゃむしゃと頬張りはじめた。

「あ、これうまー！」

「そうですか？　よかったぁ～」

宇佐美と話しながらチラッと彼の後ろに目をやると、中川がそーっと自分のデスクの下に紙袋をしまっているのを確認する。たぶんこれで、中川が宇佐美にあれこれ突っ込まれることはなくなっただろう。

「主任～！　ちょっと聞いてくださいよ。最近合コンで知り合った子とイブに食事に行ったんですよ！　そしたら、その後連絡付かなくなったんですけど！　これってどういうことなんですかね!?　やっぱ、フラれた!?」

「う～ん、それはそれは……」

急に話を振られた誠司は苦笑いしている。あの顔はたぶん、困惑しているのだろう。

「俺も社内恋愛したいぃ～！　可愛い彼女が欲しいぃ～！　主任が羨ましぃ～！」

歯噛みしながら大げさに地団駄を踏む宇佐美を前にして、戻ってきた中川がケロッとした顔で話に入ってきた。

「社内恋愛したいなら、あんまそういうところ見せないほうがいいですよ？」

後輩からの正論に、宇佐美はぷるぷると震える。

「中川ッ！　おおおお前という奴は、先輩に対する敬意が足りないッ！」

「なんかすみません。僕が尊敬してるのは鞍馬主任なんで……」

あっさりと躱されて、宇佐美が撃沈する。そこに、苦笑いしながら見守っていた誠司が宇佐美の肩をぽんポンと優しく叩いた。

「宇佐美、大丈夫。宇佐美の仕事っぷりを見てくれてる人はちゃんといるから。ほら、この間宇佐美が作ったプレゼン資料。俺も見せてもらったけど、本当にわかりやすくよくできていたよ。俺は宇佐美が一人立ちしてから、まったく心配したことがないからね。宇佐美はよくやってるよ。取引先からの評判もいいしね。ほら、今日も仕事頑張ろうか」

「主任～！　マジっすか！　俺頑張ります！」

後輩から貶されて、弱りきっていた宇佐美が涙目になって誠司に縋り付く。励まして誘導して仕事に持っていくところなんか、誠司は本当に上手いと思う。現に宇佐美は「取引先経由で彼女ゲット！」と鼻息を荒くしている。頭ごなしに否定から入ったりしない人だから、みんなに慕われているのかもしれない。

深雪はまたクスッと笑って、今日の仕事に取りかかった。

深雪たちが勤めるのは、大手システム管理会社だ。企業のサーバ管理やプログラム開発、メンテナンスが主な業務である。

仕事はじめの今日は、休業期間中の問い合わせや、年始の挨拶メールを捌くことが多い。サポートとして誠司の下についている深雪は、メールの記録と振り分け、そして返信を全部引き受け、同じく誠司の下についている中川に説明しながら作業を進めた。難しい問い合わせについては、全部誠司の指示を仰ぐ。

その間誠司は、主任として開発部とのミーティングに出席したり、会議に出席したりと打ち合わせが多い。彼は新人育成以外に通常の営業も熟しているから、他の主任たちより仕事量が多いのだ。

彼が新人育成を任されるのは、その人当たりと、面倒見のよさからだろう。きめ細かく教えてもらえるので、誠司が育成を担当した新人は、宇佐美をはじめ皆《みな》好成績を上げているのだ。

（わたしも、誠司さんをサポートできるように、お仕事頑張ろっと！）

仕事で深雪を育ててくれたのは誠司だ。そして、女として育ててくれたのも彼。

仕事でもプライベートでも、深雪は誠司と一緒にありたいと思った。

仕事が終わって、誠司と一緒に電車に乗る。時間は十八時を少し回ったところ。帰宅ラッシュの車内は乗車率一二〇%。座席に座るのはまず無理だ。

しかし、独り暮らしの頃より電車に乗っている時間は半分になったし、なにより誠司と一緒なので通勤も苦にならない。深雪は吊革に摑まる誠司に向かい合うようにして、ボックス席の裏側に腰を預けて立っていた。

「アップルパイ、皆《みな》さんに好評だったみたいでよかったですね」

「そうだね。あと、うちの分と後藤くんの分があるんだよね？」

誠司に話を振った深雪は、「そうです」と頷いて自分のスマートフォンを取り出した。

「昨日、慎くんにメール送ったんですけど、まだ返信ないんです」

一応、メールアプリを確認してみたが、やはり慎平からのメールはない。

慎平の実家宛には、深雪の両親がお土産を買っていた。が、独り暮らしをしている慎平にはおそらく渡らないだろう。結婚祝いを持ってきてくれた彼にもお礼をと思って、深雪が用意したのだ。こっちに来る用事があるのならついでに寄ってもらいたいこと、ついでがないなら、アップルパイの賞味期限が近いので、旅館から直接送ってもらうよう手配するから、住所を教えてほしいとメールで連絡した。

慎平は独り暮らしだから一番小さい四個入りを用意している。彼女と分ければいいと思ったのだ。

(慎くん用に買ったアップルパイが余ったら、わたしが食べちゃおうっと!)

慎平の都合がつかなくても特に困りはしない。そのアップルパイは小さめだし、四つくらい深雪がぺろっと食べてしまうだろう。

まぁ、そのうち慎平からの連絡もあるだろうと、気にせずスマートフォンを鞄に仕舞おうとしたそのとき、深雪の手の中でスマートフォンがブブッと震えた。

「あ、慎くんから」

「噂をすれば、だね」

「ふふっ」と笑ってメールを開く。慎平からのメールは簡潔だった。

「明日の仕事帰りに、こっちに寄ってくれるそうです。駅で会わないかって——話があるからわたしだけ来てほしいって書いてあるけれど、話って……?」

なんの話があるのだろう? ちょっと見当が付かない。深雪が小首を傾げると、誠司は苦笑いした。

「単純に、この間のことがあるから、俺と顔を合わせたくないだけかもしれないよ?」

「ああ、なるほど!」

酔っ払った挙げ句にお泊まりになったのだ。慎平的にはばつが悪いのかもしれない。

「行っておいで。晩ご飯でも一緒に食べてきたらどうだい？　この間は、あまりゆっくり話せなかっただろう？」

確かに。結婚式の写真自慢はしたけれど、一緒に食卓を囲んだときに、慎平と主に話していたのは誠司だ。深雪は慎平の思い出話という名の揶揄いの餌食になっていただけ。

「いいんですか？」という深雪の問いかけに、誠司は嫌な顔一つ見せずに頷いた。

「もちろん。だって深雪の友達だろう？　俺は適当に食べるから気にしないで大丈夫だよ。その代わり、酒はナシでね。深雪は自分が弱いのをわかってるから飲み過ぎないけど、後藤くんも結構弱そうだ。彼は体質的に飲まないほうがいいタイプなんじゃないかなぁ」

あの慎平のベロベロっぷりを見ていたら、誠司でなくてもそう思うだろう。ましてや、酔っ払った慎平を深雪一人で支えられるはずはないのだから、「酒はナシで」と言われるのも納得だ。深雪はクスッと笑ってメールの返信画面を開いた。

「は～い！　じゃあ、そう返事しますね」

ポチポチと返信メールを打つ。誠司は終始、いつもと同じ穏やかな笑みで、見守ってくれていた。

◆　◇　◆

翌、金曜日――

定時に仕事を終えた深雪は、デスクを片付けて席を立った。誠司はまだ電話応対中。たぶん、この電話が終われば誠司も上がるのだろうけれど、いつ終わるかはわからない。視線で合図を送ると、彼が二回、頷いた。「まだかかるから先に上がりなさい」と、誠司の目が言っている。

「お先に失礼します」

デスクの下から鞄と、慎平に渡す用のアップルパイが入った紙袋を取る。すると、隣の席の中川が声をかけてきた。

「珍しいですね。今日は、主任と帰らないんですか?」

結婚を公表してから、深雪と誠司の通勤はいつも一緒だ。帰りのタイミングも同じ。以前だったら、誠司のほうが遅くなることもあったのだけど、働き方改革で会社からできるだけ残業しないようにと通達が出ているので、毎度一緒に帰れるわけだ。

「今日は、わたしだけ人と会う約束をしているの」

「ああ、そうなんですね。僕ももう上がるので、下までご一緒していいですか?」

同じく、デスクの下から鞄を取る中川に、深雪は「もちろん」と頷いた。

「新婚生活、順調ですか?」

エレベーターを待っているときに中川に聞かれて、思わず笑みがこぼれる。彼は目を細めて笑うと、すくっと前を見た。

「高田さんが幸せそうで本当によかったです。お相手が主任なんで、高田さんがすごく大事にされてるんだなっていうのも伝わってくるし、お二人が仲いいのもわかるし、見ていて安心するっていうか、羨ましいっていうか——あ、変な意味じゃないですよ！　単純に、『いいな』っていう意味です。お二人の関係、すごく自然で……。でも仕事中はちゃんと上司と部下で」

「ありがとう」

以前、中川から告白されたことがあるだけに、彼に祝福されると安心する。

来たエレベーターに乗り込むと、彼が一階へのボタンを押してくれた。

「今日はどちらに行かれるんですか？」

人と会う約束をしていると言ったから、そのことだろう。深雪は手に持っていた紙袋を小さく掲げた。

「わたしの幼馴染みが結婚祝いをくれたの。だから、これをお礼に。駅で待ち合わせをして、一緒にご飯を食べる約束をしているの」

「へぇ～。主任はそういうの嫌がったりしないいんですか？」

「全然。『一緒にご飯食べてきたら』って、普通に送り出してくれたよ」

結婚していても、していなくても、束縛する男の人というのは結構いるらしいが、誠司に限って言えばそれはない。

スマートフォンを勝手に見られたり、電話やメールをチェックされるなんてこともないし、実家や友達との交流を制限されたり、過干渉に口出しされたりすることもなければ、買い物にケチを付けられることもない。

今日だって、深雪が外で食べてくるからといって、「じゃあ、俺の飯はどうなるんだ!?」なんて、わけのわからないことを言ったりもしない。

深雪はいつも自由だ。——ベッド以外では。ベッドでの束縛は、深雪自身が歓んで従っているのだから。

「主任は男として器が大きいですよね。もうね、それはずっと実感してるんですけれど、はぁ~見習おう。僕も主任みたいになりたいです」

誠司を褒められて、ちょっと誇らしい気分になる。やっぱり彼は、同性から見ても素敵なのだ。

「わたしも主任みたいになりたいって、ずっと思ってるの。わたしも主任を支えたいから」

上司としての彼も、夫としての彼も、深雪にとっては尊敬の対象だ。

優しくて、誠実で、面倒見がよくて、頼り甲斐があって、安心感がある——それが、誠司が取り繕った余所行きの仮面だとしても、紛れもない彼の一面だと深雪は思うのだ。確かに仮面の下の彼は、普通の男の人より、ちょっと弱いところがあるのかもしれない。だけど、それが人間というものではないだろうか。過去も弱さも、全部ひっくるめて彼なのだ。

完璧な人間なんていない。

皆《みな》、どこか違っていて、どこか変わっていて、どこか脆い。だから取り繕う。取り繕うことは悪いことではない。社会で生きていくために必要なことだから、受け入れてもらえる、他人《ひと》に愛される自分を作る。それは間違いなく、自分の足で立とうとしている姿だ。

そうやって踏ん張っていた彼が、余所行きの仮面を外して、弱さも、欲望も含めたすべてを曝け出してくれたあの日。深雪が感じたのは幸せだった。

完璧な彼が自分だけに見せてくれた素顔。それがこの上なく愛おしかった。彼の心にある傷の一つ一つさえも。

彼にとって、心の拠りどころのような存在になりたい。彼のすべてを愛する存在になりたい。取り繕わない彼の素顔を護ってあげたい。心も身体も捧げて、尽くしたい——そう思えるのは、彼が深雪のすべてを受け入れてくれる存在だからだ。

あの人は、誰よりも大切な人。

愛される幸せを教えてくれたあの人に、愛される幸せをあげたい。

深雪が微笑むと、中川も力を抜いた笑みを見せてくれた。

「もう、なってますよ。僕から見ると、主任と高田さんはそっくりです。穏やかな雰囲気とか、他への気の回し方とか」

「えっ、そう？　ちょっと嬉しいかも」

外からはそう見えるのか。擽ったいけれど、素直に嬉しい。

一階に着いたエレベーターを降りて、中川とお喋りしながら一緒に駅へと歩く。

改札で彼と別れた深雪は、慎平との待ち合わせ場所であるロータリーへと向かった。

（慎くん来てるかな？）

きょろきょろと辺りを見回すが、見知った姿はない。一月の夜はだいぶ冷え込む。慎平がまだ来ないなら、近くの喫茶店で待つのもいい。

着いたことを連絡しようとスマートフォンを求めて、深雪がバッグを開けようとしたとき、ピッと車のクラクションが鳴った。

「深雪！」

近くに駐まっていた白いミニバンの助手席の窓が開いて、慎平が中から手を振った。

「慎くん、車持ってたの？」

車に駆け寄って開いた窓から中を覗く。彼は「友達に借りたんだよ」と笑って、運転席に座ったままドアを開けてくれた。

「わ〜。慎くんがスーツだ」

「おまえもだろ」

面白がって笑い合う。慎平のスーツ姿を見たのなんて、彼の大学入卒式や成人式くらいなもの。銀行のバッジを襟元に付けた慎平は、深雪の知らない社会人の雰囲気でなんだか新鮮だ。いつもよりビシッとして見える。モテそうだ。

(誠司さんのほうがかっこいいけどね～)

「乗りな。飯行こう」

「うん」

促されるままに助手席に座った深雪は、紙袋に入ったアップルパイを慎平に差し出した。

「この間はお祝いありがとう。これね、メールで言ったお正月に家族で旅行に行ったときのお土産。アップルパイなんだけどね、すごく美味しいからよかったら食べてね」

「サンキュー」

彼は受け取った紙袋の中をチラッと見ると、「あとで食う」と言って、後部座席にポンと置いた。

「さ、行こうか」

エンジンをかけた車が動き出す。ロータリーから国道に出ると、ちょっと進みが悪い。

車内の暖房が、さっきまで外にいた深雪の身体を温めてくれる。かじかんだ指先を擦り合わせて、深雪はシートベルトを着けた。

「どこに行くの？」

「内緒」

「え～？　なんだろ。美味しいのがいいな～」

クスクスと笑って、両脚を伸ばして助手席のシートに身体を預ける。なにを食べに連れて行ってくれるのかはわからないが、お任せというのは楽しみでもある。車だから、慎平も飲むつもりはないのだろうと思うと安心できた。何気に慎平と二人でご飯なんて初めてだ。外で待ち合わせして会うのも初めてかもしれない。

「あ、そうだ。話があるんだっけ？　なぁに？」

誠司は自分に会いたくないだけなんじゃないかと言っていたけれど、本当に話があるのかもしれないので尋ねてみる。

（なんだろ？　彼女と結婚したいとか、そういう相談かな？）

新婚の自分に話といえば、そんなことだろうかと考えを巡らせる。

子供の頃は慎平に助けてもらうことが多かったけれど、大人になってやっと対等に話せるようになった気がする。

（慎くんの役に立てるかはわからないけど、相談されたら頑張って答え――）

「深雪。あいつと別れろ」

「え？」

パッと思考が霧散《むさん》する。なにを言われたのかすらわからなくて、ただただきょとんと瞬きした。

深雪が見つめた幼馴染みは、ハンドルを握ったまま真っ直ぐ前を向いている。彼の口調に澱みはなかった。

「あいつは異常者だ。早く別れたほうがいい」

〝あいつ〟も〝異常者〟も、誰のことかわからない。が、〝別れたほうがいい〟と言われて、〝あいつ〟も〝異常者〟も、誠司のことを指しているのだと気付く。

「まさか……誠司さんのことを言っているの……？」

自分のものとは思えない、低くて怖い声が出る。でも慎平は怯まない。冗談だと笑い飛ばしてくれればいいのに、彼はそうしなかった。

「他に誰がいる？」

慎平が認めた瞬間、ドクンと心臓が跳ね上がって、全身の血液が一気に沸騰した。カーッと頭に血が上る。もう目の前が真っ赤だった。

「失礼なこと言わないで！」

強い口調で食って掛かる深雪に対して、慎平は冷静だ。走らせていた車を赤信号で停め、深雪のほうを見てくる。対向車のライトで照らされた慎平の表情は、眉間に深々と皺を寄せた険しいものだった。

「最初はわからなかった。普通の……気のいい人だと思ってたからな。でも違った。あいつはマジでヤバイ。普通じゃない。まるっきり異常者じゃねーか！　俺もいろいろ人間見てきたけどな、あの手の男はいい人に見えるだけで――」

「やめて！」

愛する誠司を侮辱された怒りで、握りしめた拳がぶるぶると震える。自分がこんな、怒りの感情一色になるなんて思いもしなかった。普段の自分からは縁遠い感情に翻弄されて、心臓が狂ったようにバクバクする。

深雪は怒ることなんてなかった。その必要がなかったのだ。

子供の頃からおっとりした性格だし、女子校でできた仲のいい友達も、同類のおとなしい子たちばかり。両親はいつも深雪の意思を尊重してくれたし、職場の人間関係も良好。そりゃあ、仕事ではたまに理不尽なこともあるが、そんなときは誠司が上司としてフォローしてくれる。

日常生活で見知らぬ人に、割り込みだとか、電車で足を踏まれたとか、そんな困ったことをされても、そういうこともある――と流してきた。そもそも、イライラすること自体が少ない深雪だ。稀にちょっとイライラしても、ひと晩経てばなんだかどうでもよくなるのが常。だいたい、どうやって怒ればいいのかもわからない。

それに、誠司と付き合ってからの深雪は幸せ一色だった。結婚してもそれは変わらない。

彼は深雪を大切にしてくれる。愛してくれる。一緒に暮らしていて、誠司にイライラすることも、ましてや怒ることなんて、ありはしないのだ。

「もう、やめてよ――な、なんで……？　どうして、そんな酷いことを言うの……？」

今度は声が震える。慎平の言い草が本気で信じられなくて、悲しくて、興奮しながら目頭が熱くなってくる。

頭の中にあるのは、「なんで？」「どうして？」の疑問だけだ。

慎平は昔からはっきりと物を言うタイプだ。それは、意思が強いあらわれでもあったし、彼の長所でもある。そして同時に、この幼馴染みがわけもなく人を悪く言う性格ではないことを、深雪はよく知っていた。

なにか誤解がある。きっとそうだ。そうに違いない。

「誠司さんはそんな人じゃないよ！　だいたい誠司さんは、いきなり来た慎くんに怒ったりしなかったよ？　酔っ払った慎くんを本気で心配してたし、次の日だってね、わたしより早起きして、慎くんの様子を見に行こうとしていたんだよ？　今日だって、慎くんと会うわたしを、快く送り出してくれたのに！」

深雪は誠司がいかに心を砕いていたか、大人の対応をしていたかを、この不遜《ふそん》な幼馴染みに説いて聞かせる。

誠司が異常者？　あんなに誠実で、紳士的で、優しい人はいないというのに！

息巻く深雪を一瞥すると、慎平は青信号で車を発進させた。

「――深雪。おまえ、騙されてるよ」

キッパリと言い放つ慎平に、深雪は首を横に振る。

「騙されてるって、わたしが？　誰に？　どう騙されてるって言うの？　意味がわからないよ」

「おまえ、あいつに遊ばれてるだけだ。いつか絶対にボロボロにされるぞ。そうなる前に、早く別れろ」

深雪は大きくため息をつくと、頭を抱えて目を閉じた。

（どうしてそんなことを……）

話にならない。慎平の言っていることには根拠がない。ただ誠司が気に入らないから、難癖を付けているように聞こえる。なんて子供っぽい人なのか。

普段、誠司と一緒にいる深雪からすると、慎平の態度はあまりにも幼稚に見えるのだ。

誠司は自分の意見をこんなにも一方的に押し付けてきたりはしないし、領分《りょうぶん》というものを弁《わきま》えている。

「慎くん……。わたしは誠司さんに大事にしてもらってるから大丈夫だよ……」

深雪が困り果てた口調でそう言うと、慎平は無言で車を路肩に寄せてパーキングブレーキをグッと踏み込んだ。

「おまえ。本気でそれ言ってんのか？」

慎平の声が一気に低くなって、お互いの見解が割れたことを感じる。しかし、普段はおとなしい深雪も、こればかりは引く気にはなれなかった。他の誰でもない、愛する誠司のことだから。

「本気で言ってるよ。誠司さんは、わたしを大事にしてくれてる。愛してくれてる」

堂々と顔を上げて慎平を見つめる。すると、慎平がサッと目を逸らした。

「……普通の男が、愛してる女にあんなことするわけないだろ……」

ボソッとした慎平の呟きにピクリと反応する。なんだか胸の奥がザワッとして、無性に嫌な予感がした。

「あんなこと？」

「…………」

聞き返す深雪に、慎平は答えない。ただ、奥歯をガリッと噛みしめると、ハンドルに置いた手を握りしめた。

「深雪、おまえ……。いつもあんなことされてるのか？」

（え……？）

深雪が首を横に振ったのは、反射的なものだった。

いつも？　あんなこと？　なんのことかわからないのに、さっきとは違った意味で心臓が早鐘を打つ。

慎平は、動揺する深雪を、痛ましそうな眼差しでじっと見つめてきた。

「あのな、深雪。よく聞け。おまえは純粋だから、あいつしか男を知らないのかもしれないけどな、普通の男は本気の女をあんなふうに玩具にしたりはしない。もっと大事に大事に抱くんだ。おまえ、遊ばれてるんだよ」

「…………!!」

全身からサーッと血の気が引いて、なにも考えられなくなる。

でも、わかる。

慎平が言った意味も、酔っ払った慎平を泊めた夜、彼がなにを見たのかも——

あの日は特別な夜だった。深雪というプレゼントを誠司に捧げた日だったのだ。

肉欲だけじゃない。ただコミュニケーションとして身体を交えて愛し合う以上に、愛し合っているからこその、お互いの想いと絆を確認し合う神聖な行為だった。深雪は誠司に満たされたし、誠司も深雪に満たされた。お互いがお互いの愛情を感じる幸せな時間——

それを汚された。しかも、最愛の人を侮辱されるという最低最悪なおまけ付きで。

「夫婦の寝室を覗くなんて最低よ！」

「覗いたんじゃねーよ！　開いてたんだ！」

「嘘よ！」

断言する。あの日、誠司が先にシャワーを浴びた。深雪のほうがあとから寝室に入ったのだ。寝室のドアを閉めたのは、他の誰でもない深雪だ。だから言い切れる。深雪は間違いなく寝室のドアを閉めた。

「どうせあの男が開けたんだろ。俺に見せつけて牽制《けんせい》するために」

にべもない慎平の言い草に、深雪は奥歯を噛みしめた。牽制？　意味がわからない。

「誠司さんがそんなことするはずない」

誠司は、ベッドでは意地悪な人だけれど、深雪をどれだけ愛してくれているかは、深雪自身が一番よく知っている。彼は深雪が嫌がることは絶対にしない。

結婚式の誓いのキスでさえ、恥ずかしがる深雪の希望を汲んで、おでこにするような人なのだ。彼が深雪の痴態を人に見せるなんてあり得ない。

ダンッ！　と突然大きな音がして、「ひっ！」と身を竦める。慎平が拳をハンドルに叩きつけたのだ。

幼馴染みの暴力じみた行動にショックを受けて、深雪は呆然とした。こんなことをする人だったのか、慎平は。昔から信頼していただけに、彼の豹変《ひょうへん》っぷりがただ怖い。

誠司なら、絶対にしない。あの人は深雪を怖がらせたりしない。

「目が合った――」

慎平は怯える深雪に気付かないのか、苦々しい表情で声を絞り出す。

「あいつ、俺を見て笑ったんだ。深雪を玩具にしながら……チクショウ！　俺の深雪をあんなにしやがって！　頭おかしいだろ！」

「……ちがう……」

興奮して声を大きくする慎平が怖い。深雪は怯えながらも、懸命に首を横に振った。

玩具にされてなんかいない。いや、誠司なら玩具にされることがあっても構わない——深雪はそう思っているけれど、実際に誠司が深雪を玩具にしたことはない。彼は深雪を愛で虐めて、愛で包んで、愛で縛るだけ。

「深雪。なんかあいつに弱みでも握られてんのか？　脅されてんのか？　そうなのか？　だったら俺に言え。ちゃんといい弁護士付けて、別れられるようにしてやる。俺が絶対に護ってやるから！」

なにがなんでも別れさせようと語気を荒らげる慎平を前に、深雪は混乱するしかない。どうしてそんな話になるのか。深雪はただ、誠司を愛しているから、彼の求めに応じているだけなのだ。

「ちがう……ちがうよ、脅されてなんかない。わたしは誠司さんが好きなの……あの人を支えていきたいだけなの」

首を横に振り続ける深雪を見て大きなため息をついた慎平は、ドサッとシートに背中を預けた。

「支えていきたいって……おまえな。もしかして、自分が別れたら親なしのあいつが孤独になるって、そんな気回してんじゃないだろうな？　言っとくけどな、そうやって自分の身の上話で相手の気を引く男がまともなわけねぇだろ！　同年代に相手にされなくて年下に走ってるのがいい証拠だぞ。それなりに経験積んだ女ならな、あいつのヤバさに気付く。おまえは、なんにも知らないからつけ込まれてんだよ！　なにが天涯孤独だ！　まともな育ち方してねぇから気が狂ってんだろ！　普通、惚れた女にあんなことできるかよ。おかしいだろ！」

「……ひどい……」

ぽつりとこぼした深雪の目から、涙がはらはらと流れ落ちる。

怒りを、悲しみが上回った瞬間だった。

誠司との愛を、おかしいと決め付けられることも、誠司を否定されることも、深雪は耐えられない。彼の孤独を知っているからこそ、耐えられないのだ。

本来あの人は、誰よりも愛情深い人だ。愛されるべき人なのだ。

過去が彼を苦しめるなら、その過去ごと包んで愛してあげたいと思った。生まれも、育ちも、彼のせいじゃない。彼はなにも悪くない。歪んでいる自分が嫌いだと言ったあの人に、わたしが愛していると伝えたかった。

それは同情でもなんでもなく、深雪の想いなのだ。

それを――

「酷いよ……酷いよ、慎くん……。どうしてそんな酷いことが言えるの……?」

顔を歪めた慎平は、深雪に向かって手を伸ばしてきた。

「深雪。おまえは優しすぎる。俺の家に来い。俺が護ってやる。俺がおまえを幸せにする。だから俺と――」

パシッ!

深雪は自分に向かってきた慎平の手を払い除けると、即座にシートベルトを外して、外に飛び出した。

「深雪! 深雪、戻れ! あいつはヤバイ! 本気でヤバイから! 俺の言うこととあいつと、どっちを信じる気だ!」

自分を呼ぶ声に足をとめ、シートベルトをしたまま運転席から身を乗り出す慎平をじっと見つめる。冷えた夜の空気が、深雪の嗚咽を白く染めた。

「そんなの、誠司さんに決まってるでしょう?」

深雪はそれだけを言い残すと、さっと踵を返して駆けだした。背後で自分を呼び続ける幼馴染みから逃げるように。

最愛の人の元へ。

電車に乗って一人で帰宅した深雪は、リビングでコートを脱いでいた誠司を見つけるなり、無言で背中に飛びついた。

「あれ？　深雪、おかえり。早かったね」

誠司は身を捩りながら笑う。その優しい声に安心して、深雪の目からぶわっと涙があふれてきた。

「食べてくるんじゃなかったのかい？　俺も弁当買って今帰ったところで——ん？　深雪？」

誠司は深雪の手を外すと、向き合って顔を覗き込んでくる。

深雪の涙を見た誠司は、一瞬だけくしゃっと顔を歪めると、頬に手を伸ばしてきた。帰宅したばかりという彼の手は、少しだけいつもよりひんやりとしている。

はらはらと流れ落ちる深雪の涙に、彼は親指で触れてきた。

「後藤くんと、なにかあった？」

静かな声に、小さく頷く。誠司は深雪を安心させようとするように、少しだけ微笑んでくれた。

「そっか。喧嘩したのかな？」

また頷く。すると誠司は大きく両手を広げて、その腕にすっぽりと深雪を包み込んでくれた。優しくて、あたたかくて、いい匂いのする誠司の腕の中――

深雪は世界で一番安心できる人の腕の中で、子供のようにわんわんと泣きじゃくった。

「誠司さん、誠司さん、誠司さんっ！　ううう……ひっぅ……うあぁ……」

「ん。大丈夫だよ。ここにいるよ。大丈夫。深雪には俺がいるからね」

いつもと同じように頭を撫でてもらう。こんなに優しい人を悪く言った慎平が許せない。悔しくて悔しくて仕方がないのに、怒り方がわからない深雪はただ泣くことしかできない。

「深雪、なにがあったか話してくれるかい？」

「し、慎くんが、ひっう、慎くんが――」

「うんうん」

しゃくり上げてうまく話せない深雪の背中をトントンと優しく叩いて、誠司は辛抱強く深雪の声に耳を傾けてくれる。

「わっ、わかれ、別れろって……わたし、と、誠司さん、の、してるとこ、み、見たって」

「っ⁉」

さすがに誠司も驚いたのか、いつもは優しく細まるばかりの目が、眼鏡の奥で小さく見開いている。

深雪は慎平に言われたことを、嗚咽を漏らしながら話した。

「ド、ドアが……開いてたって……わ、わたし、閉めたから、そんなわけないって言ったの！　そしたら、誠司さんが、開けたんだろうって……わざと……」

「俺が？　あり得ないね。大切な深雪のあられもない姿を他の男に見せるなんて。深雪をこの部屋に閉じ込めてしまいたいくらいなのに」

誠司は眉間に皺を寄せて、小さくかぶりを振っている。

（やっぱり……。誠司さんが開けるわけないって思ってた）

当然だ。深雪を誰よりも大事にしてくれているのは誠司だ。彼がそんなことをするはずがない。

深雪が少し落ち着きを取り戻すと、誠司は手のひらで涙を拭ってくれた。

「他には？　なにか言われたんじゃない？　だから泣いてるんだろう？　なに？　『あいつは狂ってる』とでも言われた？」

「………………」

せっかくとまりかけていた涙が、また流れてくる。

聞かせたくなかった。慎平に言われたあんな酷い言葉を、深雪は誠司に聞かせたくなかったのだ。自分を嫌悪している彼だからこそ、聞かせたくなかった。

この人は狂ってなんかいない。ただほんの少し、愛情表現の仕方が人とは違っただけ。

さめざめと涙をこぼす深雪を見て誠司がどう思ったのかはわからないが、彼は深雪をぎゅっと抱きしめてきた。

「そっか。後藤くんは……深雪のことが好きなんだね」

ぽつりと呟いた彼のひと言にハッとする。

『俺の家に来い。俺が護ってやる。俺がおまえを幸せにする。だから俺と――』

だが、そう言っていた慎平の気持ちを深雪は受け入れることなんてできなかった。ありがとうとも、嬉しいとも思えなかったのだ。最愛の人を侮辱されて、そんなこと、思えるわけがない。

でも、誠司は？

中川が深雪への想いを打ち明けてきたとき、彼がしたのは身を引くこと。

『中川みたいな普通の男と幸せになりなさい』

『別れよう』と笑ったあの日の誠司が脳裏をかすめ、深雪を不安に追い立てる。

また『別れよう』と言われたら？

「わたし、絶対に別れませんから！」

誠司のスーツをガシッと摑み、深雪は早口に捲し立てていた。

別れたくない。離れたくない。考えられないのだ。彼以外の男の人なんて。

しかし、深雪の頬を撫でる誠司は苦しそうに眉を寄せるのだ。それはまるで、なにかを後悔しているかのような表情で――

「後藤くんの言いたいことも、言っている意味もわかる。自分がどうするべきなのかも。

本当はわかっているのに……なのに俺は——……」

誠司は言葉を詰まらせると、ガバッと深雪を抱きしめてきた。

「ごめん、深雪……。俺は君を離してやれない。君を愛することをやめられない俺を、どうか許して……」

苦しいくらいに強く抱きしめられて、強張っていた身体から力が抜ける。

今度は安心から涙が流れた。彼は深雪と別れるつもりなんてないのだ。

誠司の体温をもっと感じたくて、深雪は彼に抱き縋った。

「離さないでください……わたしは誠司さんに愛されて幸せなの」

甘えるように誠司の胸に頬擦りする。誠司は苦い表情をそのままに、少し眉を下げた。

「後藤くんはそうは思わないんだろう。世間一般的に見ても俺は狂ってる。深雪の幸せは普通の——」

「もう言わないで……」

深雪は珍しく誠司の言葉を遮った。

「慎くんなんか嫌いです。『うちに来い』とか言われても行くわけないのに。勝手ばっかり言うし。いきなりハンドル叩いたりして怖かったたし。……慎くんがあんな人だとは思わなかった」

「ハンドル？」

「なんのことかな?」と誠司が聞き返してくる。そう言えば、慎平が車で来たことを言っていなかったので、深雪はそのときのやり取りを彼に話した。

「そんなことが……。彼は深雪を騙して、無理矢理自分の家に連れて行こうとしたんだね?」

(騙して——?)

少し首を傾げる。自分は慎平に騙されたのだろうか?

「だってそうだろう? 深雪は食事に行くと思って車に乗ったのに、後藤くんには違う目的があったんだから」

誠司の言う通りだ。深雪は食事に行くと思って車に乗った。慎平の家に連れて行かれるとわかっていたら——誠司の悪口を聞かされるとわかっていたら、絶対に車になんか乗らなかったのだから。

「わたし、慎くんに騙されたんですね……。なんかショックです。信じてたのに……」

自分に伸ばされた慎平の手を思い出して心底ゾッとする。あの手は、自分をどうするつもりだったのか。もしも、家に連れ込まれていたら、どうなっていたのか——

「やっぱり行かせるんじゃなかった。ごめん、深雪。俺のせいだ、君に怖い思いをさせた」

自分の判断が間違っていたと後悔を滲ませる誠司に、深雪は慌てて首を横に振った。

「そんな! 誠司さんのせいじゃないです! 慎くんがいけないんです! 慎くんが勝手

に勘違いして、慎くんがわたしを騙したの！　誠司さんは、慎くんがわたしの友達だから気を使ってくれただけで、なにも悪くないです！」

そうだ。悪いのは慎平だ。深雪の心を無視したのも慎平。深雪と誠司の間柄を勝手に誤解して、勝手に誠司を悪者に仕立て上げたのも慎平。彼が全部悪い。

誠司は慎平が深雪の友達だから、信頼していたんだと思う。だから会いに行くことも快く許してくれたし、「晩ご飯でも一緒に食べてきたら」と言ってくれたのだ。

深雪と慎平にあった信頼関係を壊したのは、他の誰でもない——慎平だ。

なのに誠司は、自分が悪いと自分を責める。

それは、歪んだ愛情表現しかできない自分を、彼自身が一番嫌悪しているからだろう。

(誠司さんはこんなに優しい人なのに……。慎くんは、どうしてわかってくれないの？　どうして？)

慎平の言葉に深雪は傷付いたし、慎平の言葉は間接的に誠司をも傷付け、苦しめている。そのことが深雪は許せない。じわじわと、怒りとは別の感情が生まれてくる。これは……憎しみ……？

負の感情に呑み込まれそうになる深雪の頬を、誠司はそっと撫でてきた。

「……やっぱり俺のせいだよ。本当はね、行かせたくなかったんだ。後藤くんが深雪に気があるのを、俺は気付いていたから。深雪が他の男と二人になるのも嫌だった。でも、後藤くんは深雪の友達だ。俺たちの結婚も祝福してくれた。それに、深雪を束縛してはいけないと思って……普通の、理解ある夫のふりをしようとしたんだ。普通じゃない癖に。そして結局、深雪を危険に晒した……」

「誠司さん……」

「行かせるんじゃなかった……。深雪を一人で、俺の目の届かないところに……ましてや、他の男と二人にするなんて。こんなに大切な女《ひと》なのに……」

後悔の本音と共に、ぎゅっと強く抱きしめられた深雪の胸を満たしたのは、歓喜だった。

（嬉しい……わたし、こんなに愛されてる……）

ただの支配欲なら、この人はこんなに悩まないだろう。この人の中にあるのは、深雪への想いだ。

愛してるから束縛したい。でも、愛してるから束縛したくない。彼は深雪への愛故に、悩んで、自分を律して、そして後悔している。

「深雪……今度、同じようなことがあったら、俺はきっと、『行くな』って言ってしまう。深雪を束縛してしまう……」

「そんなの嫌だろう?」と眉を下げる誠司に、深雪は柔らかく微笑んで首を横に振った。

「嫌じゃないです」

むしろ嬉しいかもしれない。だって彼は、深雪を護ろうとしてくれているのだから。

彼は絶対に深雪に酷いことをしない。愛情深い彼が作ってくれる囲いの中は、安全で、優しくて、居心地がいいに決まっている。

——そして、これからはベッド以外でも支配してもらえるのだ。

うっとりした表情で誠司の胸に頬擦りすると、彼が頭を撫でてくれた。

「おやおや、深雪は俺に支配されたいのかい?」

「はい。誠司さんに支配してもらえるなんて幸せです……」

誠司を見上げて微笑む。

彼の支配はすべて愛から来ている。そんな彼だから、支配されたい。

彼は嬉しそうに目を細めて、コツンと額を重ねてきた。

「深雪。ちゃんと俺のところに帰って来たね。偉いよ」

「だって……わたしのおうちはここなの……」

他のところには行きたくない。行くなら、誠司と一緒がいい。誠司の腕の中が、深雪の居場所。

深雪の答えに満足したのか、今度は口付けてもらえる。深く、深く、舌を絡め、深雪の口内をねっとりと舐め回す。なんて気持ちがいいキスなんだろう。舌の上に載せた唾液を喉に流し込まれて、ゾクゾクする。彼の舌技に蕩けてしまう。

唇を離した彼は、深雪に言い聞かせるように囁いた。

「深雪はいい子だね。ちゃんと自分が俺の女《もの》だってわかってる。こんないい子には、ご褒美をあげようか」

「……はい……ご褒美、嬉しいです……」

幸せに満ちた表情《かお》でふにゃっと頬を緩める。涙はいつの間にかとまっていた。

「どうしてほしい？　深雪のしてほしいことをしてあげる」

こめかみの横から指を差し込み、髪を梳かれたら、その優しい指先にもっと触れてほしくなる。ちゃんと素直におねだりすれば、この人は自分の願いを叶えてくれるのだから。

深雪は、薄く頬を染めながら懇願した。

「縛ってください……わたしを縛って、いっぱい抱いてください……今日もわたしの中に、誠司さんの愛をください……」

いつからだろう？　誠司に縛られることに、快感の奥にある安心を見つけたのは。

最初は誠司の求めに応じているだけだった。普通じゃないことはなんとなくわかってたけれど、大好きな彼の関心と気持ちが欲しくて応じていた。でもいつの頃からか、縛られたままするセックスにドキドキすることを覚えてしまった。

暴力と恐怖で支配されたなら、深雪はきっと逃げだしていただろう。でも誠司は、深雪を愛と快感で支配した。深雪の心と身体に、最愛の人に愛される快感を植えつけたのだ。

身体に纏わり付く縄を外してほしくないと思ってしまうのは、愛され、求められた鮮烈な快感の記憶のせい――

誠司は眼鏡の奥の目を妖しく細めて、深雪の手を引いた。

誠司に連れられ、薄暗い寝室に入る。

彼は唇にキスをしながら、立ったままの深雪の服を一枚ずつ脱がした。ひんやりとした空気の中で、誠司の指が素肌に這う。彼は裸にした深雪の両手を後ろ手に組ませて、シュッと縄を通した。赤い麻縄が絡まりつき、両手の自由が奪われる。手首の重みを縄が全部支えてくれるのか、重みを感じなくなる。そして動かせなくなるのだ。

自分だけ裸なのは少し恥ずかしいが、不安なんかない。むしろ安心している。奪われることで得られるものを、深雪は知っているのだ。

背後で手首を縛った縄が上腕を通って鎖骨の下――乳房の上に回される。そのとき誠司は、乳房に顔を寄せて、ちゅっと乳首を吸い上げた。

「んっ……」

縛られている最中の快感は、深雪の表情を蕩けさせる。

彼は乳首をねぶるようにしゃぶりながら、縄を背中に回して絡め、また前に持ってくる。今度は乳房の下に縄が通る。縄で挟み込まれた乳房は、誠司の唾液を纏って小さく震える。もうぷっくりと膨らんで、恥ずかしいくらいに硬くしこっていた。その乳首を指先で押し潰すように摘ままれて、深雪は甘い息を吐いた。

「あん……」

「可愛いなぁ。縛られるだけで、こんなに気持ちよさそうな顔をして。ふふ、知ってるよ？　深雪は手錠より麻縄で縛られるほうが好きなんだろう？　また後藤くんになにか言われたら、今度は本当のことを教えてあげなさい。『わたしは誠司さんに、縛られて犯されて中出しされるのが大好きなんです』って」

「っ！」

嘲りにドキッとして、頬を染める。彼は深雪の乳首を弄《いじ》りながら、耳に唇を押し当てて囁いた。

「俺は深雪を縛って虐めるのが好きだけど、深雪も俺に縛られて虐められるのが好きだろう？　おとなしそうに見えても、深雪はドMだから」

「〜〜〜っ！」

深雪はもう真っ赤だった。恥ずかしい。顔を覆いたいけれど、腕を後ろ手に縛り上げられているからそれもできない。

なに一つ否定できないのだ。この人のくれる愛虐の虜になっている自分がいる。今、こうして言葉で虐められるだけでも濡れてしまう。

「可愛いなぁ。真っ赤。いいんだよ。俺が深雪をそういう女にしたんだから」

誠司は深雪の後ろに回ると、縄に縄を掛けていった。縄同士が擦れる音と、誠司の視線を感じてドキドキする。

今度は縄の先端が肩を通って前に来るのと同時に、誠司に身体を反転させられる。彼は向かい合った乳房の下を通った縄に、肩から降りた縄を通して、反対の肩に掛ける。ちょうどVの字になった縄は深雪のたわわに実った乳房を持ち上げ、強調する。

誠司の手がぷるんと乳房を撫でて、縄を纏めて結んだ。

上半身の身動きが取れなくなった身体を、ゆっくりとベッドに寝かされる。腰に跨がった誠司が、両手で頬を撫で回しながらキスしてくれた。くちゅくちゅと絡まってくる誠司の舌が熱くて気持ちいい。彼はとろとろの唾液をたっぷりと舌に載せて、深雪の口内に流し込む。

「深雪、覚えておいて。俺は絶対に別れない。誰になにを言われても、君を手放したりしない」

優しい囁きに安心してホッと息を吐く。慎平に傷付けられた心が、誠司によって癒やされていくのを感じるのだ。

「……はい……」

深雪が恍惚の眼差しで見上げると、誠司は微笑んでしゅるりとネクタイを引き抜いた。そして、深雪を見つめたまま眼鏡を外し、ジャケットを脱ぐ。その匂い立つような色気にドキドキしてしまう。シャツのボタンを一つずつ外す彼の指先にさえ、大人の男を感じる。

抱きしめてほしい深雪の気持ちを読んだかのように、彼は縛られた深雪の身体を抱きしめ、縛られることで膨らみを強調された乳房に頬擦りしてきた。

ぱくっと乳首を口に含まれて、舌と口蓋で挟まれ、扱かれる。その甘美な刺激にお腹の奥が、ズクッと疼いた。

「はぁんっ」

二つの乳房が同時に揉みしだかれる。優しいのに、下から揉み上げ指を食い込ませる手つきは、深雪の柔らかな乳房を卑猥な形に歪める。誠司は交互に乳首に吸いつき、ちゅぱちゅぱと音を立ててしゃぶってきた。軽く歯を立てられたら、自分が食べられていくように思えてゾクゾクする。

「ん……ああ……あんっ、はぁはぁ……」

「おやおや、腰が動いてる。催促かな？」

「～～～っ！」

知らぬ間にいやらしく腰をくねらせていたことを指摘されて、ポッと顔に熱が上がる。

誠司は深雪の脚を左右に開かせると、淫らな割れ目を撫で上げて「ふっ」と笑った。

「びしょびしょ」

指先に付いた愛液をぺろっと舐められて、無性に恥ずかしくなる。顔を隠したいけれど、縛られているからそれもできない。頬を赤らめたまま、深雪は目を伏せた。

「今日はご褒美だからね。我慢しなくていいよ。好きなだけ気持ちよくなりなさい」

そう言うなり彼は深雪の両脚を抱えて開かせ、脚の間にむしゃぶりついてきた。

「ひゃっ！」

うねる誠司の舌が蕾を探し当て、乳首にしたように吸い上げられる。突然の激しい快感に深雪は目を見開いて仰け反った。

「はぁぁあんっ！」

浮かび上がった腰を押さえつけ、愛液が滲む蜜口の周りを舐め回し、中に舌を差し込んで抜き差しする。深雪が腰をくねらせても、誠司の口はそこから離れない。こんなの気持ちよすぎる。

（シャワー……浴びてないのに……）

こんなことまでしてもらえるなんて思っていなかった。誠司はその綺麗な顔を深雪の脚の間に埋め、一心不乱に舐めてくるのだ。深雪を気持ちよくするためだけに。

目が合った彼は、深雪を見つめながら赤い舌を覗かせる。舌の腹で擦るように舐め上げられたかと思ったら、今度は尖らせた舌先で包皮を剝かれピンッと弾かれる。その献身的な快感はお腹の中を這い回り、背筋を駆け上がり、全身に広がって深雪を啼かせるのだ。

「ん〜〜〜っ！　ああんっ！　もぉ……だめ……きもちぃ……うんんん――」

目の前が真っ白に染め上げられる。

「ひ……ぃ、く……ああ――――ッ！」

深雪が糸を引くような高い声で悲鳴を上げると、ようやく誠司が頭を上げた。

「あう……」

舌だけでいかされてしまった。まだ中も触られていないのに、絶頂の余韻が身体から離れない。頭もふわふわしている。

（はぁはぁ……きもちいい……すごくきもちいい……）

舐められすぎて、赤く腫れぼったくなった女芯を、親指の先で左右に揺らされる。やまない快感にまだ侵されているというのに、更なる刺激を送られて、ビクビクと身体が痙攣してしまう。

「ひ、ううう……はぁはぁ……ああん……」

身体を弄《いじ》られている中で、カチャカチャと金属音が聞こえてくる。

涙目で喘ぎながら視線を下げれば、片手でベルトを外している誠司と目が合う。

深雪の心酔しきった眼差しは、次の瞬間には快感のそれに変わっていた。誠司が突然、深雪の中に入ってきたのだ。

「は……あぅ――」

あれだけ舐められて濡らされた蜜口は、すんなりと誠司の太い物を咥え込む。両脚の膝裏を押さえつけられて、太い肉棒に貫かれた秘裂が無防備に晒された。圧倒的な存在感が深雪を蹂躙する。焼けるような熱の塊が、深雪の中をぬぷぬぷと出入りするのだ。

お腹の裏側を張り出した雁首でねっとりと擦《こす》られながら子宮口を突き上げられると、泣きたくなるくらいに気持ちがいい。ベッドが軋んで、縄の絡んだ乳房が悩ましげに揺れた。

彼は深雪を見下ろしながら、満悦な笑みを浮かべるのだ。切れ長の目を細め、艶やかさと妖しさが増す。

「可愛い」

愛する男が自分を愛している。今、自分の中にいる。一つになれている——女にとって、これ以上の幸せがあるだろうか？

彼は深雪を誰よりも一番にしてくれる。

一番に愛して、一番に大切にして、一番に支配してくれる優しい毒。

この人のくれる毒を飲み干した自分は、この人なしでは呼吸の仕方もわからなくなる日が来るのかもしれない。

それでもかまわないのだ。自我を失うほどおかしくなっても残るのは、この人への愛情。

縛られ貫かれ火照らされて、彼色に染められた身体がビクビクと跳ねる。

「あぁっ……誠司さん、好きなの。好き、大好き。あなたが好きです。愛してるの」

「俺もだよ」

誠司は乳房を揉み上げると、唇を寄せてその先に優しくキスをする。乳房を揉みしだきながら力強く腰を打ち付けられて、深雪は絶頂の波に呑まれた。

「ひ、ぃく――――！」

深雪が背中をグッと反らせるのと同時に、熱い射液が注ぎ込まれる。硬い漲りがビクンと大きく跳ねたと思ったら、次の瞬間には媚肉を雁首で強く擦りつつ、じゅぽっと音を立てて蜜口から引き抜かれた。

「はぁああんっ!!」

快感に染まった嬌声を上げて、深雪がベッドに沈む。

麻縄で後ろ手に雁字《がんじ》搦《がら》めにされた女の身体は、汗と体液に塗れて、陸に打ち上げられた魚のようにビクビクと激しく痙攣した。

「はぁはぁは――んっ、はぁはぁはぁはぁ――……」

注がれたばかりの白い射液を脚の間からあふれさせる深雪は、恍惚の眼差しで快感の余韻に浸っていた。

「可愛いなぁ」

笑う誠司が、乳首を舐めしゃぶってくる。彼はまだ快感の中にいる深雪の身体を撫で回すようにあちこち触りながら、身体を重ねてくる。

彼はぐちゃぐちゃに濡れた淫溝をヌルッと撫で上げた。いったばかりの深雪の身体は敏感で、どこを触られても感じてしまうような状態なのに、彼は一番感じる蕾をくにくにと押し潰してくる。快感が次から次へと襲ってきて、休ませてくれない。

乳房を揉むのとは反対の手で、敏感な蕾を嬲るように捏ねくり回すのだ。

「深雪のここ、コリコリしてる。真っ赤になって可愛い」

「は、あぁああん、だ、め……わたし、いったばかり、で……あの、あぅ、ひゃ……」

絶頂を迎えても続く快感に、身体のほうが先におかしくなる。泣きながらも腰を振ってしまうのだ。張りのある乳房は揉まれすぎて熱っぽい。

中出しされた蜜口は愛液と射液を滴らせ、常に細かく痙攣している。誠司から送られる快感が苦しいくらいに身体に纏わり付く。

「もちろんわかってるよ。感じてる深雪がすごく可愛くてね。もっと見たい」

そう言うと彼は、蕾を弄《いじ》っていた中指を滑らせるように、蜜口の中に挿れてきた。お腹の裏を中から擦られると、どうしようもなく気持ちよくて泣きたくなるのだ。それは乳首を吸われるのとも、蕾を弄られるのとも、奥を突き上げられるのとも、少し違う気持ちよさ。身体の奥がきゅぅうっとなって、疼きながら蜜口がヒクヒクしてしまう。

「ふぁ～っ、ああ……ん、あっ、あっ、誠司さん……あっ、んんん……」

「ここを擦られると気持ちいいねぇ？　じゃあ、ご褒美に、ここを指で触りながら、俺のを入れてあげよう」

「そ、そんな……」

そんなの知らない。されたことない。誠司の物だけでも深雪の中はいっぱいになってしまうのに。指と誠司の物を同時になんて！

想像してぶるりと震える。でも深雪のあそこは、怯えるどころかとろっと新しい愛液をこぼしてヒクついたのだ。

「ふふ。想像した？」

誠司は中指を咥えさせた蜜口に、衰えを知らない熱い昂りを押し充てた。

「大丈夫。痛くないよ。むしろ、気持ちよくて病みつきになるから。あのときのご褒美がほしいって、泣いて頼むようになるよ」

そう言う誠司は不敵な笑みを浮かべる。妖しくも艶やかなその笑みに惹きつけられて、深雪はうっとりとした目で頷いた。

この人がしてくれることなら、なんでも深雪の歓びになる。

「いい子だ。最高に幸せにしてあげる」

誠司が腰を進める。犯されたばかりの女の穴が、今度は指と雄々しい屹立でこじ開けられる。雁首の一番太い処を抜けたら、ぬるんっと呑み込むように誠司を迎え入れた。そのとき、中指の腹が、深雪のお腹の裏をぞろりと撫でたのだ。

「――――――!!」

あまりの快感に声が出ない。

挿れられたまま海老反りになって目を剝く深雪の乳房を、誠司の手がガッと摑む。浮き上がる深雪の身体をベッドに押さえつけながら、誠司は乳房に齧り付いてきた。歯を立てられたはずなのに痛くない。それどころか甘い痺れが身体中に広がる。

「深雪、これは特別なご褒美だよ」

誠司はそう甘く囁くと、荒々しく腰を打ち付けてきた。中出しされた射液が潤滑油の役割をして、誠司の動きをスムーズにする。奥をガツガツと突き上げられて、深雪の眼前に火花が飛び散った。

「ひゃぁあああ――――！」

鈴口が子宮口を突き上げ、雁首が肉襞を擦り、中指がお腹の裏を押し上げ、手のひらが蕾を捏ね回す。感じる処すべてを同時に、違う快感が這い回る。指と漲りで、愛液と精液が搔き混ぜられる。自分の身体の中で……

まるで処女を奪われたときのようにわけがわからなくなっているのに、奥で感じるように躾られた深雪の身体は、この強すぎる快感を余すところなく受け入れてしまう。

こんなの気持ちよすぎる。いつものセックスに指を挿れられただけで、こんなにも変わるなんて！

「あっ！　やだ、こわれるっ、こわれちゃう！　誠司さん、誠司さんたすけて！　ひぁ！」

深雪は強すぎる快感に泣きながら絶叫して藻掻いた。でも縛られたままの身体は芋虫のように腰をくねらせるだけ。

誠司は深雪の上に重なって、乳房を揉みしだきながら腰を打ち付けてきた。

「あーもう、本当に可愛い。腰振って嬉しそうだね。——ほら、いけよ」

「あ、ゃ、らめ！　ああああ——！」

強烈な快感でバチンと意識が弾け飛んだ。

弄《いじ》られて真っ赤になった蕾から、ぷしゃっ、ぷしゃっと快液を噴き出して、深雪はビクビクと痙攣したまま、今まで感じたことのない絶頂に突き堕とされた。

繋がっている処はびしょびしょ。呼吸もめちゃくちゃ。気持ちよすぎて恥じらうこともできない。

「ああ、あっ、ああ……あぁ、ああ、あ、ァひ、あ——……」

深雪は、顔も身体も桃色に火照らせ、ぐったりとベッドに沈んだ。もう、なにも考えられない。わかるのは、自分が新しい快感《しあわせ》を知ってしまったことだけ……

誠司は膣に埋めていた指をズルッと引き抜いて、深雪の快液で濡れたそれをれろりと舐めた。

「どう？　幸せ？」

意識の飛んだ深雪に、答えられるわけがない。

彼は深雪の腰を両手で掴むと、自分のほうにぐっと引き寄せた。

「はぁあぁんっ！」

びしょびしょの膣に、杭が更に深く打ち込まれる。感じすぎて、自然に涙が流れた。

誠司はぐったりとした深雪を抱きしめると、流れる涙を舐め取って、自分のリズムで腰を打ち付けた。

「ふふ、深雪、愛してる。愛してるよ。絶対に離さない。俺から逃げようとしても無駄だからね。だってこんなに君を愛しているんだから――……」

耳に唇を押し当て、繰り返し繰り返し愛の呪文を囁く。甘く、時には激しく腰を打ち付け、乳房にむしゃぶりつき、深雪の身体の隅々にまで愛と快感を染み込ませる。

深雪の身体は当人の意識がないにも拘わらず、誠司の抽送に敏感に反応する。膣が悦びにうねり、激しい蠕動運動をしながら誠司を奥に奥にと引き込むのだ。

「さ、ちゃんと俺のところに帰ってきたご褒美だよ」

無抵抗の深雪の身体の奥に勢いよく注がれるのは、狂った愛の毒。

誠司はまだ腰を揺らしながら、深雪の赤い唇を何度も啜った。

◆　◇　◆

週末の仕事帰り。カランと鳴ったレトロなドアベルに合わせて視線を向けると、スーツ

姿の慎平が一人で、店内に入ってくる。誠司は軽く片手を上げて、彼の注意を引いた。

「やぁ」

四人掛けのボックス席に一人で座っている誠司を見るなり、露骨に嫌悪感をあらわにする素直な慎平に、少し笑ってしまう。自分が彼ぐらいの年齢のときはどうだっただろうかと考えて、やめた。昔よりも今のほうが、執着心が強くなっているのは明らかだ。それは、深雪に対してだけかもしれないけれど。

「深雪は？」

向かいの席にドサッと腰を下ろし、誠司と目も合わさずに慎平がぶっきらぼうに言う。

「家にいるよ。今日は、俺と君の二人」

「チッ！」

二日前、誠司は深雪に言って、慎平に連絡させた。深雪は「慎くんにはもう会いたくないです」と言っていたが、「彼は俺たちの関係について誤解があるみたいだから、俺から話してみるよ。合意の上だってわかってもらえたらそれでいいじゃないか」と宥めたのは誠司だ。彼女は小さく頷いて慎平に「ちゃんと話そう」とメールを送った。

メールは深雪のスマートフォンから送られたので、当然ながら差出人は深雪だ。慎平は深雪に会いに来たつもりなのだろうが、そこにいたのが誠司だったので、嵌められたことに気が付いた彼の態度は――まぁ、これも誠司の想定の範囲内だ。

待ち合わせに指定したのは、駅近のホテルの地下にあるバー。深雪はアルコール類が飲めないから、彼女と付き合うようになってからは足が遠のいていたが、誠司が一時期よく通っていた店である。雰囲気も客層もよく、仕事帰りの一杯をやるにはちょうどよかったのだ。久しぶりに会うマスターは誠司の顔を覚えていたらしく歓迎してくれた。

「コーヒー。ブレンドでいいや」

店員がカウンターから出てくる前に、ぞんざいな注文の仕方をする慎平を見て、もっと店のランクを落としたほうがよかったかと軽く後悔する。が、それを顔に出すことはせずに、誠司は先に注文していた自分のコーヒーに軽く口を付けた。

「この間のことは、深雪から話を聞いたよ。俺と別れるように深雪に言ったそうだね」

ソーサーに置いたカップの位置を調節しつつ話を切り出すと、慎平は誠司から目を逸らした。

「あんたはまともじゃない。本性を知っていたら、結婚を祝福したりしなかった。深雪を返せ！」

威勢よく吠《ほ》える目の前の男に思わず笑ってしまう。まともかまともでないか判別する権利が、まるで自分にあるように断罪できるその自信はどこから来るのだろう？

（おいおい、ＳＭ倶楽部に行ったら俺は普通だよ？）

自分と自分の観測範囲が〝普通〟の定義の人間は実に多い。

「そんな調子で深雪にも迫ったのかな？　深雪は酷くショックを受けたみたいでね。可哀想に、帰ってからもずっと泣いていたよ」

声を荒らげることもなく、ただ淡々と深雪の様子をありのまま語る。そこに誇張は一つもない。これは話し合いだ。感情的になる意味はない。下手なことを話す気もない。慎平がこの話し合いを録音していないとも限らないからだ。こうやって深雪の呼び出しに応じたということが、彼がまだ深雪の説得を諦めていないという証拠。語気を強めるのも、自分への挑発だと誠司は見る。

（まぁ、俺も録音してるしね）

「君は深雪を自分の家に連れて行こうとしたんだって？　わざわざ友達に車を借りて。君と食事に行くことを楽しみにしていた深雪は、疑うこともなく車に乗ったみたいだけど。君に『騙された』ことが、深雪は――」

「だ、騙しただって？　俺は深雪を騙してなんかない！　深雪を護ろうとしただけだ！」

人聞きの悪いと言わんばかりに、慎平は誠司の言葉を遮って声を大きくする。

（やれやれ……）

話を最後まで聞くことすらできないのかと、呆れてしまう。「別れろ」という自分の言葉に逆らった深雪にも、こうやって高圧的に責め立てたのだろうことは容易に想像がついた。深雪はさぞ怖かっただろう。

コーヒーの取っ手から手を離すと、誠司は小さくため息をついた。

「深雪を護ろうとしたと言うけれど、深雪はそれを君に頼んだのかな？」

「そ、それは深雪があんたに洗脳されてるからだ！　思い返してみれば、あんたと話してるときの深雪はおかしかった。自分でなにも考えてないみたいに、全部あんたの言いなりで……あんたが深雪をおかしくしたんだ！　引き離すのが一番いいんだ！」

「洗脳……それはすごいね……。ぜひやり方を教えてもらいたいくらいだな」

失笑して相手にしない。

誠司が深雪にしたのは、ただありのままの自分の弱みを見せただけだ。自分の感情も、可哀想な過去も全部曝け出して、優しい彼女が自分から離れようとは思わなくなるように、ほんの少し誘導しただけ。その計算ずくな誘導の仕方が洗脳じみている自覚はあるが、決して認めはしない。認める意味がないから。

軽くあしらわれた慎平は、勝手にますますヒートアップしてきた。

「俺は騙されないぞ。あ、あんな行為を深雪が受け入れるわけないんだ！　深雪は洗脳されてるに決まってる！」

飛んでくる慎平の唾に顔を顰めて避けながら、片眉を上げる。

「へぇ……あんな行為とは？」

「とぼけんなよ！　み、深雪を——とにかく、酷いことをしていたじゃないか！」

（蟹縛《かにしば》りからのバイブセックスって言えばいいのに）

誠司を問い詰めている癖に、慎平は肝心なところは誤魔化す。それが深雪の名誉のためなのか、単におぞましいから口にしたくないのかはわからないが、誠司にとっては好都合だった。

「君の言うあんな行為は、セックス？」

「なっ……！」

オブラートに包まない言葉を投げ付けると、慎平が顔を赤くする。その十代の処女《しょじょ》のような――男だから童貞《どうてい》か。初々しい反応が、また誠司の嘲笑《ちょうしょう》を誘うのだ。なんとも挑発しがいがある。

「夫婦だしねぇ？　そりゃあ、セックスくらいするよ。俺たちは愛し合って結婚したし、子供も欲しいからね。まさか君、コウノトリやキャベツ畑を信じているわけじゃないんだろう？　避妊しないことは深雪とも話し合ってのことだから他人には関係ないよ」

あんに、「あのとき、避妊してなかった」と言ってやると、慎平の顔色が面白いくらいに変わる。

刺激的な言葉の前に、彼の頭は意思とは関係なく想像――いや、思い出していることだろう。手足首を縛られ、バイブと誠司の屹立を交互に挿れられ、犯され、中出しされ、女の悦びに咽《むせ》び泣く深雪の姿を。

あのときの深雪が、セックスの快感に溺れていたことは、見ていたならわかるはずだ。だから慎平は、逃げ帰るほど動揺したのだ。おとなしい深雪が、あんなに激しいセックスを愉しめるほど調教されているなんて、思いもしなかったはずだから。

彼は深雪を美化しすぎだ。

深雪は女だ。誠司の。

(子供の頃から一緒？　は……そんな思い出、俺が全部壊してやるよ……)

ポルノさながらの光景は、一度目にしたら忘れることなんてできない。鮮やかに焼き付いて、頭から離れない。今後、慎平が思い出す深雪は、誠司に抱かれている女としての深雪だ。無邪気な幼少期の深雪じゃない。

「俺も君には、いろいろと言いたいことがあるんだが……。まず君は横恋慕するのも大概にしたほうがいい。長年想っていた深雪に自分の気持ちを気付いてもらえないばかりか、他の男と結婚されてショックだったのはわからないでもないけれどね」

「うるせぇ！　誰が横恋慕だ！　俺が先に深雪を好きになったんだ！　ずっと大事にしてきたんだ！」

どんどん口調が荒くなって喧嘩腰になっていく慎平の目が、別人のようにギラつく。いいお兄ちゃんの姿は、深雪の前だけか。素直な気持ちの吐露は、かえって清々しい。その子供じみた素直さを徹底的に潰してやりたくなる。

「まぁ、深雪にはまったく伝わってないみたいだけどね？　俺には君が、自分が好きな子が、他の男に抱かれているのを覗き見して逆上しているようにしか見えないよ」

「…………」

なにも言えなくなる慎平を見て、誠司は脚を組むとふっと笑った。

「深雪に寝室のドアが開いていたと言ったそうだね。俺が開けたんだろうって。弁解すると、俺は開けていないよ。あの日、あとから寝室に入ったのは深雪だから、閉め損ねたなら深雪の不注意ってことになるんだけど、深雪は閉めたって言っているしね」

「……俺は開けてねぇ」

絞り出すような慎平の声に、軽く頷いてやる。

「開けた開けてないは正直どうでもいいよ。でもたとえドアが開いてても、見ないという選択肢が君にはあったんだよ。そこで覗き見することを選んだのは君だ」

「っ！」

そう、選択肢があったのは慎平だけだ。その指摘に、彼が奥歯を噛みしめたのがわかる。

「目が合ったじゃねーか。あんたがわざと開けたんだろ！」

「だから、なんのことかわからないな」

「しらばっくれやがって、あんなの深雪を玩具にしてるだけじゃねーか！　頭おかしいだろ！　深雪だってな、本当は嫌なはずなんだ。あいつは純粋だから、嫌だって言えないようにあんたに洗脳されてるんだ！」

「やれやれ……」とかぶりを振る。目が合ったなんて証明しようがないことで喚けば、言い掛かりも甚だしいことなんて、ちょっと考えればわかることだ。ましてや〝洗脳〟だなんて。

「深雪が俺に洗脳されてるというのは——人前で言わないほうが君のためだと思うよ。おかしいと思われてしまうのは君のほうだからね」

やんわりと窘《たしな》めてやると、テーブルの上で握った慎平の拳がぶるぶると震える。それが見ていて面白い。

「深雪の親におまえの本性を言ってやる。この変態野郎！」

地を這うような憎々しい声で向けられる、はっきりとした敵意を鼻で笑ってしまう。

これが彼の切り札ならちゃんちゃらおかしい。

今のこの会話を録音して、深雪や深雪の両親に聞かせるつもりかもしれないが、上等だ。

誠司は澄ました顔でコーヒーに口を付けた。

「どうぞ？　ご自由に。録音でもしてる？　俺もしてるからおあいこだね。でも君がなにを言っても深雪のご両親には信じてもらえないと思うよ？　深雪のご両親は、深雪の言葉を信じるだろう。そもそもあの日の君は、突然来た挙げ句に、酔い潰れて寝てしまったからうちに泊まったんじゃなかったのかい？　酔っ払いの言うことを誰が信じるのかな？

ああ、それとも実は酔ってなかったとか？　酔ってなかったのなら、君の言うことにも信憑性が出るだろうけど、じゃあ今度は俺が君に聞かないといけないことが出てくるね。俺が風呂に入っている間に深雪をソファに押し倒して抱きしめたのはなぜかな？　深雪は『酔っ払いの慎くんが彼女と間違えたみたい』と俺には言ったけど、実際深雪はかなり嫌がって悲鳴を上げていたよね？　深雪の悲鳴を聞いて、俺は急いでリビングに行ったんだから。なに？　君は素面で深雪に手を出したの？　酔ってたと思ったから家にも泊めたし、深雪への行為も目を瞑った。違うなら俺は容赦しないよ。ま、自分が見たものに自信を持つくらいには、酔ってなかったみたいだけどね、君は」

「っ！」

不敵に微笑みながら正面からじっと見据えてやると、慎平が明らかに動揺する。お目出たい男だ。自分にはなんの非もないと思っている。

（人にこの話を聞かせるなら、君の行動も同時に公表しないとフェアじゃないだろう？ねぇ、後藤くん？）

誠司も録音しているのだから、編集なんて不可能だ。

彼は結婚した深雪への気持ちを諦めるつもりで、訪ねて来たのかもしれない。そして、不意に深雪と二人きりになって、思わず彼女を抱きしめた——おそらく最後のつもりで。それでも誠司の性癖を見て、これなら自分のほうがいいと思ったのではないか。

この男は邪魔だ。深雪の両親に挨拶に行った帰りに会ったとき、たった一、二分対峙しただけだったがそれでも気が付いた。この男とは相容れない。完全に隠しきれていない想いを撒き散らす、不愉快な生き物だ。

誠司が深雪に恋心を抱く中川を放置しておいたのは、彼が自分の信奉者であり、自分に逆らう気がなく、ひいては無害だからだ。中川は、誠司と深雪の結婚を祝福し、披露宴の二次会まで計画して、自分の気持ちを納得させる方向に動いていた。健気で可愛いものだ。敵わないなら諦める。己の分を弁えていて非常によい。

しかし、目の前のこの男は違う。

自分の知らない深雪を知っている。深雪が必要以上に心を許している。そんな男は深雪の周りに要らないのだ。だから徹底的に排除する。それはこの男に初めて会ったときから決めていたことだ。

「聞かせてほしいんだけど、君は仮に、深雪を自分の家に連れて行ったとしてどうするつもりだったのかな？　深雪は俺の元に帰りたくてきっと泣いただろう。思い通りにならない深雪を、君はどうするつもりだったんだい？　君の言う、『普通の男が愛する女にするセックス』でも実践して？　それ、レイプだよね？」

真面目な顔で見据えると、明らかに慎平の目に動揺が走る。

「ち、違う。俺は、ただ洗脳を解こうと……」

「うちに来いと言われた深雪が感じたのは、君に対する恐怖だよ。深雪は女の子だ。男の家に無理矢理連れ込まれたら、なにをされるかわからないんだから怖くて当たり前だろう。可哀想に、俺に抱きついて一晩中震えて泣いてたよ。『慎くんなんか嫌い』ってね。信じていた友達に裏切られたんだから無理もない。憔悴していたから、今日も来させなかった。君がなんと言おうと、深雪が身の危険を感じた事実は消えないよ。君は深雪を俺から引き離して、自分のものにしたかっただけじゃないのか？」

「俺は……お、俺は――……」

慎平の声が、どんどん尻すぼみになっていく。それは深雪を女として欲しがった、抱きたかった自分の劣情に、心当たりがあるからではないのか。

慎平が「自分が気に入らないから」という下心を隠して、「深雪を護ること」を大義名分に、深雪から誠司を引き離すなら、同じことをやってやろうじゃないか。

「君は俺に言ったね。『深雪が泣いてるのは見たくない』って。『深雪を幸せにしてやってください』って。さて、今回深雪を泣かせたのは誰かな？　深雪の幸せを奪おうとしたのは誰かな？　俺の目には、それが君に見えるんだが？」

「…………」

がく然とする慎平の顔は、誠司に優越感を与えてくれる。

（残念ながら、俺は深雪に愛されているんだよ。君とは違うんだよ、後藤くん。深雪が一

緒にいることを望んだのは俺なんだよ)

愛されているという事実、無数の男の中から選ばれた事実に、心が満たされる。

根本的に、誠司と慎平は立場が違うのだ。

「さっきから洗脳洗脳ってわけのわからないことを言っているけど、君は女の深雪を知らないだろ。深雪は君の理想の女の子じゃない。俺の大切な妻だ。君は深雪を本当に愛してるのなら、深雪が俺と出会う前に自分のものにするべきだったね。仮に俺と深雪が別れることがあったとしても、君の愛した〝純粋な深雪〟は、もうどこにもいないよ」

今の深雪は〝誠司の女〟だ。

可哀想に、あんなに純粋で真っ白だったのに、誠司の色に染まって、ぐちゃぐちゃに汚れてしまった。

男を愛することも、女として愛されることも、心も身体も思考さえも完璧に調教された〝誠司の女〟――誠司の支配を喜んで受け入れ、誠司だけを一途に愛してくれる理想の女。

深雪がもし、誠司の手を離れることがあっても、誠司という男の毒が彼女の中から抜けきることはない。誠司に激しく抱かれ尽くした経験は、彼女の中に汚い澱となって永遠に沈むのだ。

(ま、絶対に離さないけどね……)

誠司はコーヒーを飲み干すと、少し笑った。

「――ああ、そうだ。〝狂い咲き〟って知ってるかい？　本来開花の時期でないのに、花が咲くあれだよ。君は狂い咲きをどう思う？」

「は？」

突然話を変えた誠司に、慎平は怪訝な顔をする。「どう思う？」と再び問いかけると投げやりな返事が返ってきた。

「……ンなもん、キモチワリィに決まってんだろ……」

「ふふ。君はそう言うと思ったよ。深雪はね、『綺麗』って言っていたよ」

『周りと違ってもいいじゃないですか』

まだ付き合っていなかった頃の深雪の言葉を思い出しながら、少し微笑む。

あのとき誠司は、周りと違う自分が許されたような気がした。そして、この子が無性に欲しくなったのだ。

「君と深雪は価値観が違うね。深雪に近付かないでもらいたい。あの子が君を嫌がってるから。俺は深雪を護るし、幸せにするよ。それが君との約束だろう？」

誠司は席を立つと、隣に置いていた鞄とコートを取った。そして会計へと足を進める途中で、慎平の肩に手をポンと置く。そして録音マイクに拾われないよう小さな声で囁いた。

「それにしても覗き趣味とはね。君もいい趣味してるじゃないか」

それだけを言い残し、会計を済ませて店を出ると、ようやく意味のわかった慎平が怒りに任せて暴れているのか、背後でカップが割れる音がする。

（……日を改めて、マスターにお詫びに行くか。それにしても後藤くんは子供だなぁ。俺がドアをわざと開けていたんじゃないかって気付いても、言いくるめられるんだから）

そう、寝室のドアを開けたのは誠司だ。あの日、誠司は自分が服を脱ぐ音に紛れさせて、小さくドアを開けた。深雪は目隠しで視界を塞がれていたからまったく気付かなかったようだが。中がよく見えるよう、電気も消さなかった。

深雪の喘ぎ声を完全に塞がなかったのは、どさくさ紛れに深雪を抱きしめた慎平への嫌がらせだ。あのとき誠司は、顔には出さないものの本気で腹が立っていたのだ。

覗けばいい。深雪が、誰に、どんなふうに抱かれて、汚されているのかを見て、敗北感を味わえばいい。

慎平の短絡さは、少し話しただけでもわかったから、派手な緊縛プレイを見せてやれば、深雪を救うという義憤に駆《か》られることも容易に想像できた。

深雪から慎平を排除するためには、彼女自身がこの男を嫌うように仕向けるのが一番効果的だ。慎平には、深雪が一番嫌うことをさせてやればいい。

人を嫌ったことのないような深雪が唯一嫌うこと——彼女を泣かせるのも傷付けるのも自分《せいじ》じゃない。慎平だ。

（さてと、帰ろう。深雪が待っている）

電車に乗って我が家へと帰る。

「ただいま」

鍵を開けて中に入ると、リビングから深雪がパタパタと小走りでやってきた。

「おかえりなさい！」

食事を作ってくれていたのだろう。エプロン姿の深雪が当たり前に抱きついてきた。

甘い体温の中に、匂い立つ彼女の香りが誠司を安心させてくれる。

（ああ……深雪が俺以外の人間を、全員嫌いになってくれないかなぁ……）

こんな優しい深雪に、そんなことは不可能だと頭ではわかっている。でも愛に飢えた誠司はそう願ってしまう。やっと手に入れた自分だけの愛を失いたくないのだ。そのためならなんでもする。

慎平に会いに行った日、泣きじゃくりながらも自分のところに帰ってきてくれた深雪に、誠司はどれほどの愛情と安心を感じたかわからない。

百万回、「愛してる」と言われるよりも、彼女が自分のところに帰ってきてくれた事実が誠司に幸せをくれた。

「ごめんね、深雪。後藤くんと話してみたけれど、納得してもらえなかったよ。それどころか、俺が深雪を洗脳してるって言われてしまって……」

悲しげに眉を下げてみる。芝居がかった誠司の仕草に、深雪は気付かない。それどころか彼女は、元から丸い目を更にまん丸にして素っ頓狂な声を上げた。

「洗脳!?　なに馬鹿なこと言ってるんだろう、慎くん」

「俺もその辺は戸惑うしかないんだけど……俺たちの関係が彼にはそう見えるみたいでね。違うって言ったんだけど、信じてもらえなくて。ごめん、俺の力不足で……」

決裂してしまったのだと頭を下げると、途端に深雪が慌てた。

「そんな！　誠司さんは悪くないんですから、謝らないでください！　変なことを言う慎くんがおかしいんです！」

「でも彼は、深雪の大切な友達だろう？　不仲になってしまっては……」

(俺は気に入らないけれど)

心の中で付け足して、深雪の反応を窺う。すると彼女は、首を横に振って真っ直ぐ誠司を見つめてきた。

「わたしの一番大切な人は誠司さんです。誠司さん以上に大切な人なんていないの。だからいいんです」

彼女の愛が、自分にだけ一途に注がれる様に心が満たされる。

「嬉しいけれど……でもそんなことを言ってると、また『洗脳されてる』なんて言われてしまうよ？」

まだ真っ新だった深雪に、自分の足跡を付けたのは誠司だから。

「誠司さんを愛してるのは、わたしの気持ちです」

はにかみながらそう言ってくれる深雪が、壊したくなるくらい愛おしい。

「ありがとう、深雪。俺も愛してる」

両手で抱きしめた深雪は、幸せの塊。

彼女だけだ。彼女だけなのだ。歪みきった自分を愛してくれるのは。

他になにも望まない。深雪一人がこの腕の中にいてくれればいい。

だからどうか離れようとしないで。もしそんなことになったら、きっとなにもかも壊してしまうから。

自分自身も、この世で一番愛している彼女でさえも――

（一生離さない。絶対に。死が二人を分かつまでって誓っただろう？）

誠司は深雪の顎をすくい上げて、唇にそっとキスをした。

エピローグ

「主任。お忙しいところをすみません、この資料の書き方なんですけど……これで合ってますか？　ちょっと自信がなくて……」

中川におずおずと差し出されたタブレットの画面に並ぶ見積もりの数字を、ひと通りチェックする。これは、中川が初めて一人で取ってきた飛び込み営業の仕事で、見積もりから説明、エンジニアたちとの交渉まで全部彼がやることになっている。

本来はこういった書面の簡単なチェックは、部下でありサポート役でもある深雪に頼んでいるのだが、生憎《あいにく》彼女は休み……

「大丈夫、合ってるよ。このまま進めて」

誠司がそう言ってやると、中川はホッとした顔で背筋を伸ばした。

「ありがとうございます。仕様書と見積書はなんとか今日中に終わりそうです」

「ん。じゃあ、明日見せてもらおうかな」

「緊張するなぁ。僕としては、いきなり主任に見てもらう前に、高田さんに見てもらいたいですけど……。高田さん、明日は出勤されますか？」

聞かれて誠司は少し眉を下げた。

「どうだろう。今朝もまだ熱が下がってなくてね。もう三日目だから、明日も下がらなかったら病院かなって、話していたんだ」

いつも元気な深雪が、突然体調を崩した。三十七度前半から中程までの微熱。三十八度まで上がることはないが、下がる気配もない。咳や喉の痛みはないものの、本人は鼻詰まりを感じるらしい。そして食欲がない。

「季節の変わり目だし、風邪ですかね？」

「たぶんね。心配してくれてありがとう。中川が心配していたって、伝えとくよ」

作業に戻るように指示を出して、誠司はチラッと自分の腕時計に目をやった。

本音を言うと、今すぐ帰りたい。しかし、終業時間まであと一時間。

深雪はこれくらいなら出勤すると言ったのだが、それを聞かずに休ませているのは誠司だ。大切な深雪を体調不良の中、働かせるなんてとんでもない話だ。家のことも全部、誠司がやっている。今日も彼女の昼ご飯にと、温め直すだけですぐ食べられるようにお粥《かゆ》を用意してきたが、それぐらいしか、してやれることがないのがもどかしい。

（深雪、今日は食べられただろうか）

昨日の深雪は、食べはしたものの戻してしまったらしい。

「せっかく作ってもらったのに、ごめんなさい……」そう言って、しょんぼりと肩を落とす彼女がいじらしく、帰宅してからはずっと膝に抱いていた。

一緒にいるときは、だいぶ具合いがよさそうに見えるのだが……

疲れが出たのだろうか？　結婚して、ずいぶん張り切って尽くしてくれていたから。

それとも慎平と揉めて、絶縁した心労？　深雪は気にしていないようだったけれど。

（優しい子だからな……無理をしていたのかもしれない。俺がもっと護ってやらないと）

終業時間になった途端、誠司は鞄を取った。

「お疲れ様。お先に」

短い挨拶と共に、早歩きでオフィスを出る。

エレベーターを降りてすぐに、スマートフォンで深雪に電話をかけた。

メッセージだけでは安心できない。彼女の声を聞かなければ。

「もしもし」

「深雪。今、仕事終わったよ」

「誠司さん、お疲れ様です！」

受話器越しに聞こえる深雪の声は、昨日よりずっと元気そうだ。少し安心する。

「熱はどう？」

駅に向かって歩きながら尋ねる。

「熱は全然下がらなくて……実は今日のお昼、病院に行きました」

「えっ、一人でかい？」

今日まで様子を見て明日病院に行こうかと話していたのだが。それまで待てなかったということは、余程具合いが悪かったのだろう。

（しまったな。明日なんて言わないで、今日、病院に付き添ってやればよかった）

そうすれば、体調不良の深雪を一人で病院に行かせることもなかったのにと思うと、後悔で胸が痛くなる。が、診察してもらったのなら一先《ひとま》ず安心かと思い直すことにした。

「大丈夫だったかい？　やっぱり風邪？」

「風邪じゃなくて——えっと、もうすぐ駅でしょう？　帰ったらお話ししますね」

「？　そうなの？　わかったよ。じゃあ、切るね。またあとで」

確かにもう駅の改札だったので、渋々ながらも電話を切った。

電光掲示板を見ると、あと五分で電車が来る。

（……やっぱり電話で聞けばよかった）

ホームへ向かう階段を登りながら、電話を切ったことをすぐさま後悔した。

帰ればわかることだと思いつつも、答えを先延ばしにされたせいで、落ち着かない。電車に乗っても気はそぞろだ。いつもはなんとも思わない乗車時間をやたらと長く感じる。

やっと自宅のある駅に着いてから、誠司はダッシュでマンションに向かった。

「深雪、ただいま」

玄関で靴を脱ぎながら声をかける。すると、寝室にいるかと思っていた深雪がぴょこっとリビングから笑顔を覗かせた。

「おかえりなさいっ！」

病院に行ったからだろう。柔らかな春色のブラウスにシフォンのロングスカートを着ている。今朝は青白かった顔も、メイクのせいか血色がよく見える。そしてなにより、久しぶりに見る深雪の笑顔が誠司の頬を緩めさせた。

「どうだった？　病院は？」

電話の続きを催促する。彼女の笑顔を見る限り、重篤《じゅうとく》な病気ではなさそうだが。

深雪は後ろに両手を回した状態で、パタパタと玄関までやってきた。なにか、背中に隠しているような？

「じゃーん！」と目の前にピンク色の手帳を差し出される。丸文字で「母子手帳」と書かれたそれを見て、誠司の目が大きく見開いた。

「え、本当に？」

「はいっ！　六週目くらいだろうってお医者様が」

どうにも熱が下がらず解熱剤を飲もうとしたらしいのだが、そう言えば月のものが来ていないことを思い出し、深雪は午前中のうちに薬局で妊娠検査薬を買ったんだそうだ。

結果は陽性。

誠司を糠喜びさせてはならないと、急ぎ午後から産科を訪れたらしい。

「ここに、深雪と俺の子が……？」

感激して声が震える。誠司は鞄から手を離して、深雪の前に両膝を折った。

まだぺったんこなお腹にそっと耳を当ててみる。小さすぎて、胎動なんかもちろんないのだけれど、優しい温かさに不思議とその存在を感じた。

（やった！　やった……！　深雪が俺の子を……！）

深雪の中に注ぎ続けた誠司の愛が、ついに形を成したのだ。この日をどれだけ待っていたことか！

「……産んでくれる？」

「当たり前です！　この子は誠司さんの赤ちゃんなんだから！」

強く大きく頷いてくれる彼女の笑顔が眩しい。

「ありがとう……この子は、俺とは違うんだね……？　両親に望まれて、愛されて生まれてくるんだ。この子が俺みたいな思いをすることはないんだね。よかった……」

意味深に独り言ちて深雪の腹部に頬擦りする。

こんなふうに言えば、優しい深雪はますます自分から離れなくなることなんてわかりきっていて、あえてその言葉を選んだ。

(ごめんね、深雪……こんな男で)

誠司の父親は、誠司が生まれる二日前のクリスマス・イブに母親の前から姿を消した。

『その子が生まれたら入籍しよう。いい記念日になる』

その言葉を馬鹿みたいに信じていた母親は、男と連絡が取れなくなったショックで産気付き、誠司を産んだ。たいそう難産だったらしい。

そうやって生まれた誠司が、毎年どんな誕生日だったか。毎年、毎年が最低な記念日。クリスマスプレゼントも、誕生日プレゼントも、一度も貰ったことなんてない。もちろん、祝われた記憶もない。

『あんたなんか、産まなきゃよかった！　ああ〜その顔見てるだけでイライラする！』

何度も浴びせられた言葉に、なにも感じず『ごめんね』と、笑って返せるようになったとき、今度は母親が姿を消した。

――ねぇ、深雪。君はそんな酷いことなんて、しないよね？

この子は麻縄なんかよりも強い枷だ。深雪の心も身体も、未来さえも――誠司に繋ぐ人型の枷。なんて愛おしい枷なのか。この子の誕生を誰よりも望んで、誰よりも喜べる自信がある。それが、多少歪んでいたとしても。

深雪は自分を捨てた母親とは違う。優しい彼女は、この枷を振り切ることなど決してできないだろう。誠司が子供を愛して、よき父親であればあるほど、きっと彼女は誠司から離れない。いや、離れられない。

(そうだ。いい父親になろう)

いい父親なんて知らないが、なぁに演技なら簡単だ。持ち前の仮面が一つ増えるだけ。

理想の上司、理想の恋人、理想の夫、そして今度は理想の父親。

深雪に愛されるためなら、なんにでもなれる。

(俺がいい父親になれば、深雪はきっと喜ぶ。今よりもっと俺を愛してくれるかも――)

そんなことを考えていると、なにを思ったのか、深雪が誠司の頭を撫でてきた。

「誠司さんはね、わたしのために生まれてくれたんです。誠司さんがいるから、わたしはこんなに幸せ。誠司さんがいるから、この子も生まれてくるんですよ」

顔を上げると、聖母のような優しい微笑みを浮かべた深雪がいる。初めて見るようなその笑みは、彼女が母親になったせい……？

「誠司さん、生まれてきてくれてありがとう。愛しています」

囁くような優しい声に、なぜか涙が一筋こぼれた。

「あれ？　俺、なんで泣いて……？」

自分の意思とは関係ない涙に、本気で動揺する。

深雪が自分を愛してくれていることは、わかっているのに。

「愛してる」と言ってもらうのも初めてではないのに。どうして今？

「誠司さん」

深雪に抱きしめられて、跪いたまま目を閉じた。

どんなに体面を取り繕っても、鞍馬誠司という男の本質は異常だ。人を心から信じることはできないのに、愛情に対する執着心は人一倍強い。演技も嘘も汚い画策も平気でやる。そんな自分の異常さは、誠司自身が一番よくわかっている。

きっとさっきの涙も、今ここで泣いてみせれば深雪の気を引けると、本能的に思ってのことなのか？　だとしたら、どこまでも演技達者な自分に呆れるしかない。

(馬鹿だな、俺。泣いてみせなくたっていいのに。深雪はどこにも行かないんだから)

深雪を愛しすぎて、自分に縛りつけたくてしょうがない。

深雪から絶え間なく注がれる優しい愛情だけが、誠司を包み込んで肯定してくれる。誠司の飢えを満たして、救ってくれる。

自分の幸せは、深雪と共にある。

それを彼女も幸せだと思ってくれれば、きっとずっと一緒にいてくれるだろう。

「深雪……ありがとう。俺も、愛してる……。絶対に幸せにする。君も、この子も」

彼女なしでは、もう生きていけないのだから。

あとがき

『調教系男子　オオカミ様と子猫ちゃん』が刊行された当時、プロローグは入れてもエピローグは入れませんでした。執筆条件は一冊完結でしたので、たとえ頭の中にどれだけ構想があろうと、続きは〝書けないもの〟として規定頁内にまとめなくてはなりません。本来なら、プロローグに対してエピローグで締めるべきところでしょう。しかし私は、エピローグを置かず、ラスト一頁はヒーローの台詞一行のみ、という贅沢な頁の使い方をさせてもらいました。ヒーローが真っ白なヒロインを侵食していく様子を表現することだけにウェートを置いたのですが、まさかこの余白を埋める日が来るとは思ってもみませんでした。

前巻のイラストを担当してくださったつきのおまめ先生。コミカライズと本巻を担当してくださったあづみ悠羽《ゆう》先生——他、多くの方のお力添えで、私は〝書けない〟と思っていた『調教系男子』の続きを書く機会をいただきました。本当にありがとうございます。そして、本作をお手に取ってくださった皆様に、心から感謝申し上げます。

あづみ先生作のコミカライズ版も是非。私が表現したかったことを丁寧に汲み取って、素敵な漫画に仕上げてくださいました。先生の、原作への深い理解と愛あっての漫画です。

それではまた、いつか皆様にお会いできる時を夢見て……

コミカライズからのご縁で続編の絵を描かせていただきました。
読者様よりも先に普通に楽しんでしまって、
最後の誠司さんの涙に私ももらい泣きです。
誠司さんの演技も深雪ちゃんによって
少しずつ本物の感情になっていくんでしょうね。
素晴らしい作品をありがとうございます、槇原さん。

『調教系男子　オオカミ様と子猫ちゃん』前作からこの続編まで、
漫画としても描かせていただいていますので、
よろしければそちらも読んで下さると嬉しいです。

あづみ悠羽

調《ちょう》教《きょう》系《けい》男《だん》子《し》　LESSON2《レッスンツー》

オパール文庫をお買い上げいただき、ありがとうございます。
この作品を読んでのご意見・ご感想をお待ちしております。

ファンレターの宛先
〒102-0072　東京都千代田区飯田橋3-3-1
プランタン出版　オパール文庫編集部気付
槇原まき先生係／あづみ悠羽先生係

オパール文庫＆ティアラ文庫Webサイト『L'ecrin《レクラン》』
http://www.l-ecrin.jp/

著　者——**槇原まき**（まきはら まき）
挿　絵——**あづみ悠羽**（あづみ ゆう）
発　行——**プランタン出版**
発　売——**フランス書院**
〒102-0072　東京都千代田区飯田橋3-3-1
電話（営業）03-5226-5744
　　（編集）03-5226-5742
印　刷——誠宏印刷
製　本——若林製本工場

ISBN978-4-8296-8389-7 C0193